故乡是一个人的羞涩处，也是一个人最大的隐秘。我把故乡隐藏在身后，单枪匹马去闯荡生活。

时值夏季，田野上虫声、蛙声、谷物生长的声音交织在一起，像支巨大的催眠曲，我的头一挨地便酣然入睡。

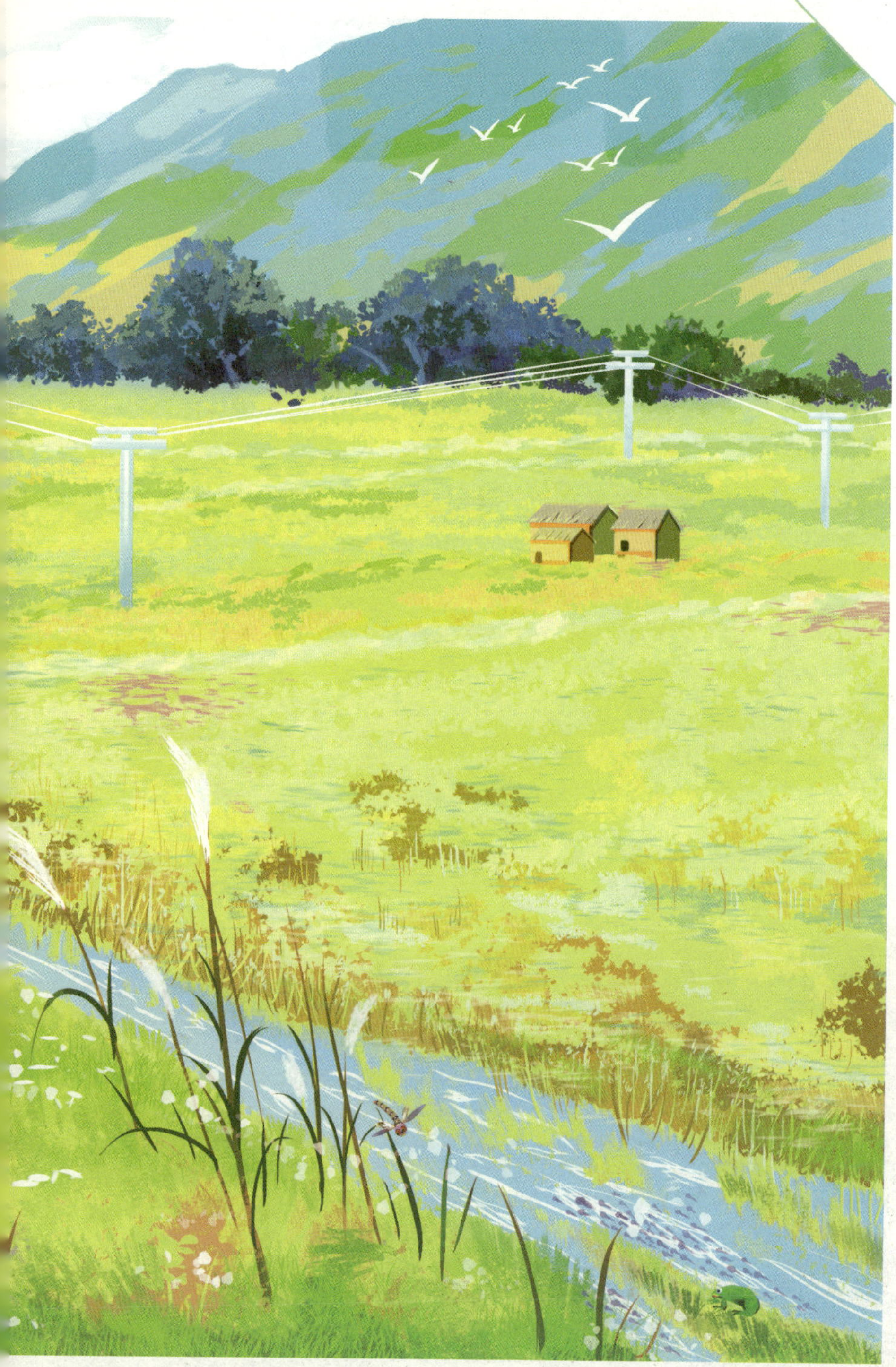

这不容易开一次的花朵，难得长出的一片叶子，在荒野中，我的微笑可能是对一个弱小生命的欢迎和鼓励。

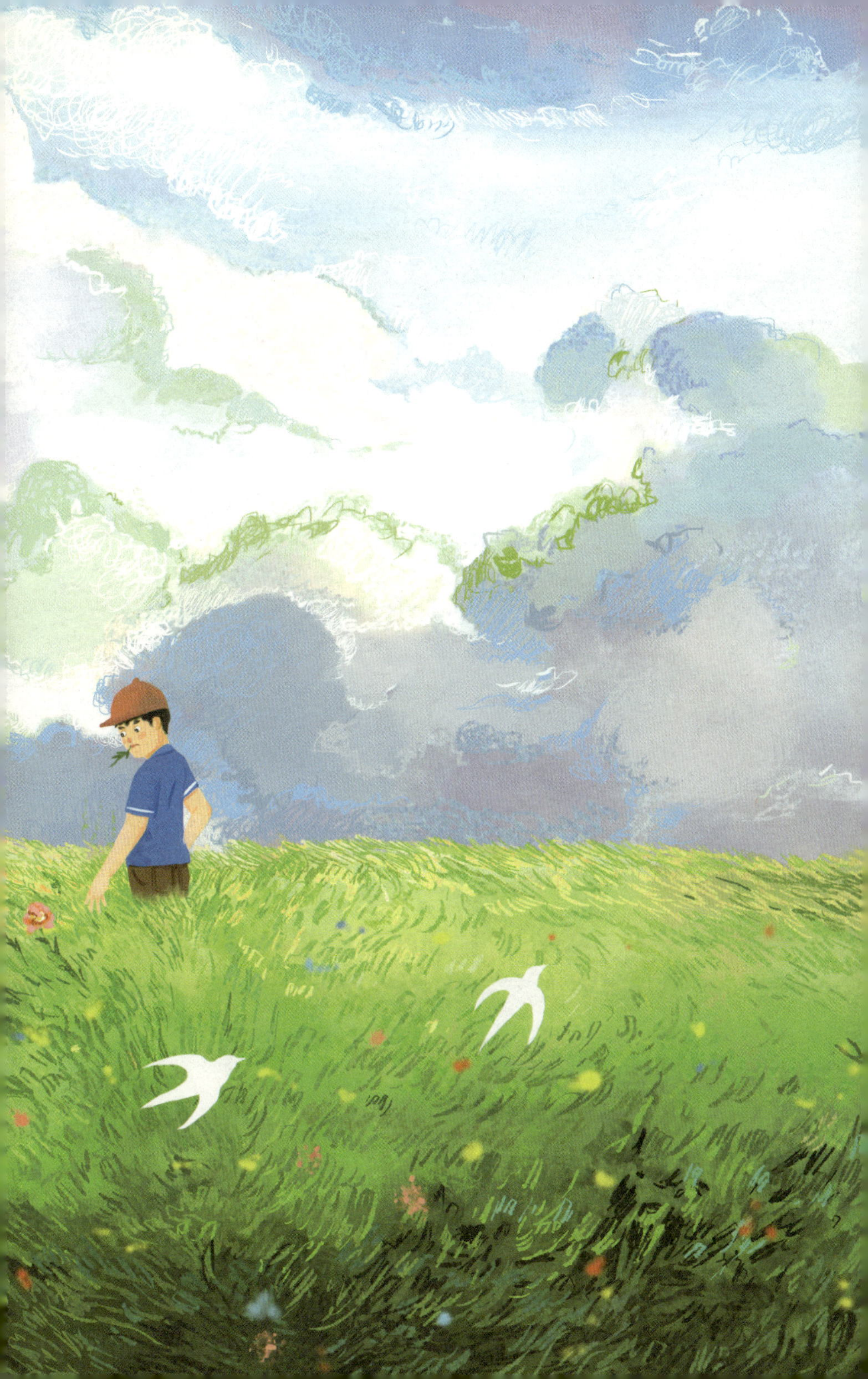

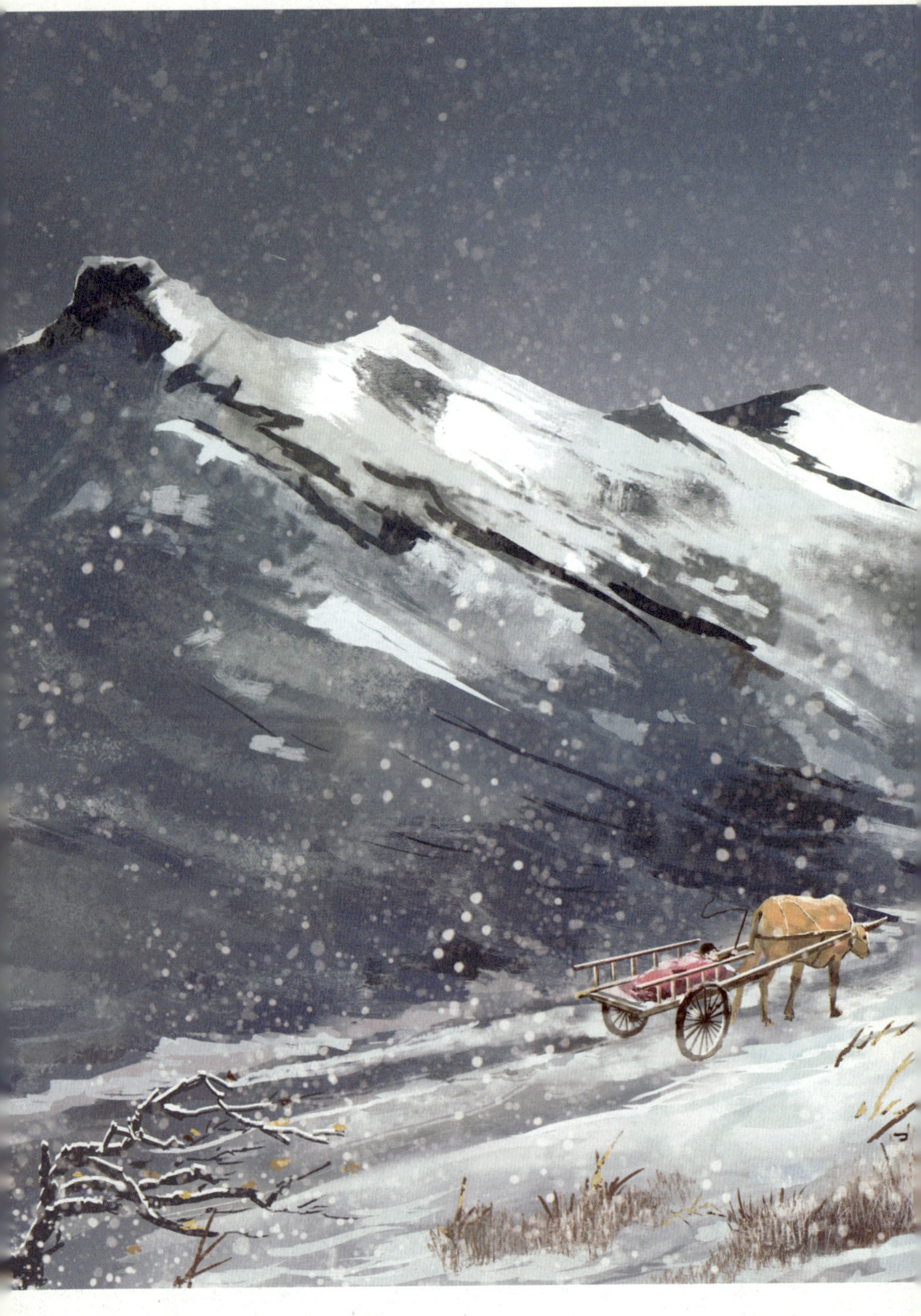

落在一个人一生中的雪，我们不能全部看见。每个人都在自己的生命中，孤独地过冬。我们帮不了谁。

人畜共居在一个小小村庄里，人出生时牲口也出世，傍晚人回家牲口也归圈。人踩起的尘土落在牲口身上。牲口踩起的尘土落在人身上。

新知文库

月亮在叫

刘亮程 著

YUELIANG ZAI JIAO

本著作物经北京时代墨客文化传媒有限公司代理，由作者刘亮程授权中南博集天卷文化传媒有限公司，在中国大陆出版、发行中文简体字版本。

图书在版编目（CIP）数据

月亮在叫/刘亮程著.--长沙：湖南文艺出版社，2024.7.--（新知文库）.--ISBN 978-7-5726-1899-4

Ⅰ.I267

中国国家版本馆 CIP 数据核字第 2024V562P2 号

上架建议：文学

XINZHI WENKU YUELIANG ZAI JIAO
新知文库　月亮在叫

作　　者：刘亮程
出 版 人：陈新文
责任编辑：吕苗莉
监　　制：李　炜　张苗苗　文赛峰
策划编辑：李孟思
特约编辑：张晓璐
营销编辑：付　佳　杨　朔
版权支持：张雪珂
封面设计：梁秋晨
版式设计：霍雨佳
封面插图：starry 阿星
内文插图：闫宜涛
内文排版：金锋工作室
出　　版：湖南文艺出版社
　　　　　（长沙市雨花区东二环一段 508 号　邮编：410014）
网　　址：www.hnwy.net
印　　刷：北京天宇万达印刷有限公司
经　　销：新华书店
开　　本：875 mm × 1230 mm　1/32
字　　数：124 千字
印　　张：6.5
插　　页：4
版　　次：2024 年 7 月第 1 版
印　　次：2024 年 7 月第 1 次印刷
书　　号：ISBN 978-7-5726-1899-4
定　　价：29.80 元

若有质量问题，请致电质量监督电话：010-59096394
团购电话：010-59320018

目 录

contents

卷一 ──── 生命简洁到只剩下快乐 / 001

与虫共眠 / 002

两窝蚂蚁 / 005

狗这一辈子 / 012

鸟叫 / 015

最后一只猫 / 023

走向虫子 / 027

那些鸟会认人 / 031

老鼠应该有一个好收成 / 035

卷二 ── 我父亲没有和我一起活老 / 039

先父 / 040

最后的铁匠 / 055

远离村人 / 063

父亲 / 068

木匠 / 072

后父的老 / 075

一个人的名字 / 079

空气中多了一个人的呼吸 / 083

卷三 ── 一直睡到春暖草绿 / 087

树会记住许多事 / 088

月亮在叫 / 093

一片叶子下生活 / 101

好多树 / 106

老根底子 / 110

城市牛哞 / 113

我的树 / 117

对着一朵花微笑 / 120

卷四 ── 我把故乡隐藏在身后 / 123

柴火 / 124

留下这个村庄 / 128

走近黄沙梁 / 133

人畜共居的村庄 / 136

永远欠一顿饭 / 140

最大的事情 / 145

扛着铁锨进城 / 148

通往田野的小巷 / 151

卷五 ── 寒风吹彻 / 155

今生今世的证据 / 156

风把人刮歪 / 159

寒风吹彻 / 164

我另外的一生已经开始 / 172

那个让我飞起来的梦 / 177

我们失去了和自然交流的语言 / 182

长大的只是那些大人 / 186

从家乡到故乡 / 190

卷一 生命简洁到只剩下快乐

与虫共眠

我在草中睡着时,我的身体成了众多小虫子的温暖巢穴。那些形态各异的小动物,从我的袖口、领口和裤腿钻进去,在我身上爬来爬去,不时地咬两口,把它们的小肚子灌得红红鼓鼓的。吃饱玩够了,便找一个隐秘处酣然而睡。

我身体上发生的这些事我一点也不知道。那天我用铁锨翻了一下午地,又饿又累。本想在地头躺一会儿再往回走,地离村子还有好几里路,我干活时忘了留点回家的力气。时值夏季,田野上虫声、蛙声、谷物生长的声音交织在一起,像支巨大的催眠曲。我的头一挨地便酣然入睡,天啥时黑的我一点不知道,月亮升起又落下我一点没有觉察。

醒来时已是另一个早晨,我的身边爬满各种颜色的虫子,它们已先我而醒忙它们的事了。这些勤快的小生命,在我身上留下许多又红又痒的小疙瘩,证明它们来过了。我想它们和我一样睡了美美的一觉。有几个小家伙，竟在我的裤子里待舒服了，不愿出来。若不是瘙痒得难受我不会脱了裤子捉它们出来。对这些小虫来说，我的身体是一片多么辽阔的田野，就像我此刻趴在大地的这个角落，大地却不会因瘙痒和难受把我捉起来扔掉。

大地是沉睡的，它多么宽容。在大地的怀抱中我比虫子大不了多少。我们知道世上有如此多的虫子，给它们一一起名，分科分类。而虫子知道我们吗？这些小虫知道世上有刘亮程这条大虫吗？有些虫朝生暮死，有些仅有几个月或几天的短暂生命，几乎来不及干什么便匆匆离去。没时间盖房子，创造文化和艺术。没时间为自己和别人去着想。

生命简洁到只剩下快乐。我们这些聪明的大生命却在漫长岁月中寻找痛苦和烦恼。

一个听烦世道喧嚣的人，躺在田野上听听虫鸣该是多么幸福。大地的音乐会永无休止。而有谁知道这些永恒之音中的每个音符是多么仓促和短暂。我因为在田野上睡了一觉，被这么多虫子认识。它们好像一下子就喜欢上我，对我的血和肉的味道赞赏不已。有几个虫子，显然趁我熟睡时在我脸上走了几圈，想必也大概认下我的模样了。现在，它们在我身上留了几个看家的，其余的正在这片草滩上奔走相告，呼朋引类，把发现我的消息传播给所有遇到的同类们。我甚至感到成千上万只虫子正从四面八方朝我呼拥而来。我的血液沸腾，仿佛几十年来梦想出名的愿望就要实现了。

这些可怜的小虫子，我认识你们中的谁呢，我将怎样与你们一一握手。你们的脊背窄小得签不下我的名字，声音微弱得近乎虚无。我能对你们说些什么呢？

当千万只小虫呼拥而至时，我已回到人世的一个角落，默默无闻做着一件事，没几个人知道我的名字，我也不认识几个人，不知道谁死了谁还活着。一年一年地听着虫鸣，使我感到了小虫子的永恒。而我，正在世上苦度最后的几十个春秋。面朝黄土，没有叫声。

两窝蚂蚁

冬天，每隔一段时间——差不多有半个月，蚂蚁就会出来找食吃，排成一长队，在墙壁炕沿上走，有前去的，有回来的，急急忙忙，全阴得皮肤发黄，不像夏天的蚂蚁，黝黑黝黑。蚂蚁很少在地上乱跑，怕人不小心踩死它们，也很少一两只单独跑出来。

我们家屋子里有两窝蚂蚁，一窝是小黑蚂蚁，住在厨房锅头旁的地下。一窝大黄蚂蚁，住在靠炕沿的东墙根。蚂蚁怕冷，所以把洞筑在暖和处，紧挨着土炕和炉子，我们做饭烧炕时，顺便把蚂蚁窝也煨热了。

通常蚂蚁在天亮后出来找食吃。那时母亲已经起来把死灭的炉火重新架着。屋子里烟气弥漫。我们全钻在被窝里，只露出头，有的睁眼直望着房顶，有的半眯着眼睛。早睡醒了，谁都不愿起。整个冬天我们没有一点事情，想睡到什么时候就睡到什时候。直到炉火和从窗户照进的刺眼阳光,使屋子重又变得暖洋洋,才会有人坐起来,偎着被子,再愣会儿神。

蚂蚁一出洞,母亲便在蚂蚁窝旁撒一把麸皮。收成好的年成会撒两把。有一年我们储备的冬粮不足,连麸皮都不敢喂牲口,留着缺粮时人调剂着吃。冬天蚂蚁出来过五次。每次母亲只抓一小撮麸皮撒在洞口。最后一次,母亲再舍不得把麸皮给蚂蚁吃。家里仅剩的半麻袋细粮被父亲扎死袋口,留作春天下地干活时吃。我们整日煮洋芋疙瘩充饥。那一次,蚂蚁从天亮出洞,有上百只,绕着墙根转了一圈又一圈,一直到天快黑时,拖着几小片洋芋皮进洞去了。

蚂蚁发现麸皮便会一拥而上,拖着,背着,几个抬着往洞里搬。跑远的蚂蚁被喊回来。在墙上的蚂蚁一蹦子跳下来。只一会儿工夫,蚂蚁和麸皮便一同消失得一干二净。蚂蚁有了吃的,便把洞口封死,很长时间不出来打搅人。

蚂蚁的洞一般从墙外通到房内,天一热蚂蚁全到屋外觅食,房子里几乎见不到一只。

我喜欢那窝小黑蚂蚁,针尖那么小的身子,走半天也走不了几尺。我早晨出门前看见一只从后墙根朝前墙这边走,下午我回来看见它还在半道上,慢悠悠地移动着身子,一点不急,似乎它已做好了长途跋涉的打算,今晚就在前面一点的地方过夜,第二天，太阳不太高时走到前墙根。天黑前争取爬过门槛，走到厨房与卧房的门口处。第二天再进卧房。

不过，它要爬过卧房的门槛就得费很大工夫，先要爬上两层土块，再翻过一拃高的木门槛，还得赶早点，趁我们没起来之前翻过来。厨房没有窗户，天窗也盖得很死，即使白天门口处也很暗，我们一走动起来就难说不踩着蚂蚁。卧房比厨房大许多，从山墙经过窗户到东墙根，至少是蚂蚁两天的路程。到第五天，蚂蚁才会从东墙根往炕沿处走，经过我们家唯一的柜子。这段最好走夜路，因为是那窝大黄蚂蚁的领地，会很危险。从东边炕头往西边炕头绕回时也是两天的路，最好也晚上走，沿着炕沿，经过打着鼾声的父亲的头、母亲的头、小弟权娃的头和小妹燕子的头，爬到我的头顶时已是另一个夜晚了。这样，小蚂蚁在我们家屋内绕一圈大概用十天的时间，等它回到窝里时，那个蚂蚁世界的事情是否已几经变故，老蚂蚁死了，小蚂蚁出生，它们会不会还认识它呢？

小黑蚂蚁不咬人。偶尔爬到人身上，好一阵才觉出一点点痒。大黄蚂蚁也不咬人，但我不太喜欢。它们到处乱跑，且跑得飞快，让人不放心。不像小黑蚂蚁，出来排着整整齐齐的队，要到哪就径直到哪。大黄蚂蚁也排队，但队形乱糟糟。好像它们的头管得不严，好像每只蚂蚁都有自己的想法。

有一年春天,我想把这窝黄蚂蚁赶走。我想了一个绝好的办法。那时蚂蚁已经把屋内的洞口封住,打开墙外的洞口,在外面活动了。我端了半盆麸皮,从我们家东墙根的蚂蚁洞口处,一点一点往前撒,撒在地上的麸皮像一根细细的黄线,绕过林带、柴垛,穿过一片长着矮草的平地,再翻过一个坑(李家盖房子时挖的),一直伸到李家西墙根。我把撒剩的小半盆麸皮全倒在李家墙根,上面撒一把土盖住。然后一趟子跑回来,观察蚂蚁的动静。

先是一只洞口处闲游的蚂蚁发现了麸皮。咬住一块拖了一下,扔下又咬另一块。当它发现有好多麸皮后,突然转身朝洞口跑去。我发现它在洞口处停顿了一下,好像探头朝洞里喊了一声,里面好像没听见,它一头钻进去,不到两秒钟,大批蚂蚁像一股黄水涌了出来。

蚂蚁出洞后,一部分忙着往洞里搬近处的麸皮,一部分顺着我撒的线往前跑。有一个先头兵,速度非常快,跑一截子,对一粒麸皮咬一口,扔下再往前跑,好像给后面的蚂蚁做记号。我一直跟着这只蚂蚁绕过林带、柴垛,穿过那片长草的平地,再翻过那个坑,到了李家西墙根,蚂蚁发现墙根的一大堆麸皮后,几乎疯狂。它抬起两个前肢,高举着跳几个蹦子,肯定还喊出了什么,但我听不见。它跑了那么远的路,似乎一点不累,飞快地绕麸皮堆转了一圈,又爬到堆顶上。往上爬时还踩翻一块麸皮,栽了一跟头。但它很快翻过身来,向这边跑几步,又朝那边跑几步,看样子像是在伸长膀子量这堆麸皮到底有多大体积。

做完这一切,它连滚带爬从麸皮堆上下来,沿来路飞快地往回跑。没跑多远,碰到两只随后赶来的蚂蚁,见面一碰头,一只立马转头往回跑,另一只朝麸皮堆的方向跑去。往回跑的刚绕过柴垛,大批蚂蚁已沿这条线源源不断赶来了,仍看见有往回飞跑的。只是我已经分不清刚才发现麸皮堆的那只这会儿跑到哪去了。我返回到蚂蚁洞口时,看见一股更粗的黄泉水正从洞口涌出来,沿我撒的那一溜黄色麸皮浩浩荡荡地朝李家墙根奔流而去。

我转身进屋拿了把铁锨,当我觉得洞里的蚂蚁已出来得差不多,大部分蚂蚁已经绕过柴垛快走到李家墙根了,我便果断地动手,在蚂蚁的来路上挖了一个一米多长、二十厘米宽的深槽子。我刚挖好,一大群嘴里衔着麸皮的蚂蚁已翻过那个大坑涌到跟前,看见断了的路都慌乱起来。有几个,像试探着要跳过来,结果掉进沟里,摔得好一阵才爬起来,叼起麸皮又要沿沟壁爬上来,那是不可能的,我挖的沟槽下边宽上边窄,蚂蚁爬不了多高就掉下去。

而在另一边,迟缓赶来的一小部分蚂蚁也涌到沟沿上,两伙蚂蚁隔着沟相互挥手、跳蹦子。

怎么啦。

怎么回事。

我好像听见它们喊叫。

我知道蚂蚁是聪明动物。慌乱一阵后就会自动安静下来，处理好遇到的麻烦事情。以它们的聪明，肯定会想到在这堆麸皮下面重打一个洞，筑一个新窝，窝里造一个能盛下这堆麸皮的大粮仓。因为回去的路已经断了，况且家又那么远，回家的时间足够建一个新家了。就像我们村有几户人，在野地打了粮食，懒得拉回来，就盖一间房子，住下来就地吃掉。李家墙根的地不太硬，打起洞来也不费劲。

蚂蚁如果这样去做我就成功了。

我已经看见一部分蚂蚁叼着麸皮原路回到李家墙根，好像商量着就按我的思路行动了。这时天不知不觉黑了，我才发现自己跟这窝蚂蚁耗了大半天。我已经看不清地上的蚂蚁。况且，李家老二早就开始怀疑我，不住地朝这边望。他不清楚我在干什么。但他知道我不会干好事。我咳嗽了两声，装得啥事没有，踢着地上的草，绕过柴垛回到院子。

第二天一大早，我出来发现那堆麸皮不见了，一粒也没有了。从李家墙根开始，一条细细的、踩得光光的蚂蚁路，穿过大土坑，通到我挖的沟槽边，沿沟边向北伸了一米多，到没沟的地方,又从对面折回来,再穿过草滩、绕过柴垛和林带,一直通到我们家墙根的蚂蚁洞口。

一只蚂蚁都没看见。

狗这一辈子

一条狗能活到老，真是件不容易的事。太厉害不行，太懦弱不行，不解人意、善解人意了均不行。总之，稍一马虎便会被人剥了皮炖了肉。狗本是看家守院的，更多时候却连自己都看守不住。

活到一把子年纪，狗命便相对安全了，倒不是狗活出了什么经验。尽管一条老狗的见识肯定会让一个走遍天下的人吃惊，狗却不会像人，年轻时咬出点名气，老了便可坐享其成。狗一老，再无人谋它脱毛的皮，更无人敢问津它多病的肉体。这时的狗很像一位历尽沧桑的老人，世界已拿它没有办法，只好撒手，交给时间和命。

一条熬出来的狗，熬到拴它的铁链朽了，不挣而断。养它的主人也入暮年，明知这条狗再走不到哪里，就随它去吧。狗摇摇晃晃走出院门，四下里望望，是不是以前的村庄已看不清楚。狗在早年捡到过一根干骨头的沙沟梁转转,在早年恋过一条母狗的乱草滩转转,遇到早年咬过的人,远远避开,一副内疚的样子。其实人早好了伤疤忘了疼。

有头脑的人大都不跟狗计较,有句俗话:狗咬了你你还去咬狗吗?与狗相咬,除了啃一嘴狗毛你又能占到啥便宜。被狗咬过的人,大都把仇记恨在主人身上,而主人又一股脑把责任全推到狗身上。一条狗随时都必须准备承受一切。在乡下,家家门口拴一条狗,目的很明确:把门。人的门被狗把持,仿佛狗的家。来人并非找狗,却先要与狗较量一阵,等到终于见了主人,来时的心境已落了大半,想好的话语也吓得忘掉大半。狗的影子始终在眼前窜悠,答问间时闻狗吠,令来人惊魂不定。主人则可从容不迫,坐察其来意。这叫未与人来先与狗往。

有经验的主人听到狗叫,先不忙着出来,开个门缝往外瞧瞧。若是不想见的人,比如来借钱的,讨债的,寻仇的……便装个没听见。狗自然咬得更起劲。来人朝院子里喊两声,自愧不如狗的嗓门大,也就不喊了。狠狠踢一脚院门,骂声"狗日的",走了。

若是非见不可的贵人,主人一趟子跑出来,打开狗,骂一句"瞎了狗眼了",狗自会没趣地躲开,稍慢一步又会挨棒子。狗挨打挨骂是常有的事,一条狗若因主人错怪便赌气不咬人,睁一眼闭一眼，那它的狗命也就不长了。

一条称职的好狗，不得与其他任何一个外人混熟。在它的狗眼里，除主人之外的任何面孔都必须是陌生的、危险的。更不得与邻居家的狗相往来。需要交配时，两家狗主人自会商量好了，公母牵到一起，主人在一旁监督着。事情完了就完了，万不可藕断丝连，弄出感情，那样狗主人会妒忌。人养了狗，狗就必须把所有爱和忠诚奉献给人，而不应该给另一条狗。

狗这一辈子像梦一样飘忽，没人知道狗是带着什么使命来到人世。

人一睡着，村庄便成了狗的世界，喧嚣一天的人再无话可说。土地和人都乏了。此时狗语大作，狗的声音在夜空飘来荡去，将远远近近的村庄连在一起。那是人之外的另一种声音，飘远、神秘。莽原之上，明月之下，人们熟睡的躯体是听者，土墙和土墙的影子是听者，路是听者。年代久远的狗吠融入空气中，已经成寂静的一部分。

在这众狗猎猎的夜晚，肯定有一条老狗，默不作声。它是黑夜的一部分。它在一个村庄转悠到老，是村庄的一部分。它再无人可咬，因而也是人的一部分。这是条终于可以冥然入睡的狗，在人们久不再去的僻远路途、废弃多年的荒宅旧院，这条狗来回地走动，眼中满是人们多年前的陈事旧影。

鸟叫

我听到过一只鸟在半夜的叫声。

我睡在牛圈棚顶的草垛上。整个夏天我们都往牛圈棚顶上垛干草,草垛高出房顶和树梢。那是牛羊一个冬天的食草。整个冬天,圈棚上的草会一天天减少。到了春天,草芽初露,牛羊出圈遍野里追青逐绿,棚上的干草便所剩无几,露出粗细歪直的梁柱来。那时候上棚,不小心就会一脚踩空,掉进牛圈里。

而在夏末秋初的闷热夜晚,草棚顶上是绝好的凉快处,从夜空中吹下来的风,丝丝缕缕,轻拂着草垛顶部。这个季节的风吹刮在高空,可以看到云堆飘移,却不见树叶摇动。

那些夜晚我很少睡在房子里。有时铺一些草睡在地头看苞谷。有时垫一个褥子躺在院子的牛车上,旁边堆着新收回来的苞谷、棉花。更多的时候我躺在草垛上,胡乱地想着些事情便睡着了。醒来不知是哪一天早晨，家里发生了一些事，一只鸡不见了，两片树叶黄落到窗台，堆在院子里的苞谷棒子少了几个，又好像一个没少，什么事都没有发生，一切都和往日一样，一家人吃饭，收拾院子，套车，扛农具下地……天黑后我依旧爬上草垛，胡乱地想着些事情然后睡着。

那个晚上我不是鸟叫醒的。我刚好在那个时候，睡醒了。天有点凉。我往身上加了些草。

这时一只鸟叫了。

"呱。"

独独的一声。停了片刻，又"呱"的一声。是一只很大的鸟，声音粗哑，却很有穿透力。有点像我外爷的声音。停了会儿，又"呱""呱"两声。

整个村子静静的、黑黑的，只有一只鸟在叫。

我有点怕，从没听过这样大声的鸟叫。

鸟声在村南边隔着三四幢房子的地方，那儿有一棵大榆树，还有一小片白杨树。我侧过头看见那片黑乎乎的树梢像隆起的一块平地，似乎上面可以走人。

过了一阵，鸟叫又突然从西边响起，离得很近，听声音好像就在斜对面韩三家的房顶上。鸟叫的时候，整个村子回荡着鸟声，不叫时便啥声音都没有了，连空气都没有了。

我在第七声鸟叫之后,悄悄地爬下草垛。我不敢再听下一声,好像每一声鸟叫都刺进我的身体里,浑身的每块肉每根骨头都被鸟叫惊醒。我更担心鸟飞过来落到草垛上。如果它真飞过来,落到草垛上,我怎么办。我的整个身体埋在干草里,鸟看不见我,它会踩在我的头上叫,我会吓得一动不动。

我顺着草垛轻轻滑落到棚沿上,抱着一根伸出来的椽头吊了下来。在草垛顶上坐起身的那一瞬,我突然看见我们家的房顶,觉得那么远,那么陌生,黑黑地摆在眼底下,那截烟囱,横堆在上面的那些木头,模模糊糊的,像是梦里的一个场景。

这就是我的家吗?是我必须记住的——哪一天我像鸟一样飞回来,一眼就能认出我们家朝天仰着的那个面容吗?在这个屋顶下面的大土炕上,此刻睡着我的后父、母亲、大哥、三个弟弟和两个小妹。他们都睡着了,肩挨肩地睡着了。只有我在高处看着黑黑的这幢房子。

我走过圈棚前面的场地时,拴在柱子上的牛望了我一眼,它应该听到了鸟叫。或许没有。它只是睁着眼睡觉。我正好从它眼睛前面走过,看见它的眼珠亮了一下,像很远的一点星光。我顺着墙根摸到门边上,推了一下,没推动,门从里面顶住了,又用力推了一下,顶门的木棍往后滑了一下,门开了条缝,我伸手进去,取开顶门棍,侧身进屋,又把门顶住。

房子里什么也看不见,却什么都清清楚楚。我轻脚绕开水缸、炕边上的炉子,甚至连脱了一地的鞋都没踩着一只。沿着炕沿摸过去,摸到靠墙的桌子,摸到了最里头,我脱掉衣服,在顶西边的炕角上悄悄睡下。这时鸟又叫了一声。像从屋前的树上叫的,声音刺破窗户,整个地撞进屋子里。我赶紧蒙住头。

没有一个人被惊醒。

以后鸟再没叫,可能飞走了。过了好大一阵,我掀开蒙在头上的被子,房子里突然亮了一些。月亮出来了,月光透过窗户斜照进来。我侧过身,清晰地看见枕在炕沿上的一排人头。有的侧着,有的仰着,全都熟睡着。

我突然孤独害怕起来,觉得我不认识他们。

第二天中午,我说,昨晚上一只鸟叫得声音很大,像我外爷的声音一样大,太吓人了。家里人都望着我。一家人的嘴忙着嚼东西,没人吭声。只有母亲说了句:你又做梦了吧。我说不是梦,我确实听见了,鸟总共叫了八声。最后飞走了。我没有把这些话说出来,只是端着碗发呆。

不知还有谁在那个晚上听到鸟叫了。

那只是一只鸟的叫声。我想。那只鸟或许睡不着,独自在黑暗的天空中漫飞,后来飞到黄沙梁上空,叫了几声。

它把孤独和寂寞叫出来了。我一声没吭。

更多的鸟在更多的地方，在树上，在屋顶，在天空下，它们不住地叫。尽管鸟不住地叫，听到鸟叫的人，还是极少的。鸟叫的时候，有人在睡觉，有人不在了，有人在听人说话……很少有人停下来专心听一只鸟叫。人不懂鸟在叫什么。

那年秋天，鸟在天空聚会，黑压压一片，不知有几千几万只。鸟群的影子遮挡住阳光，整个村子笼罩在阴暗中。鸟粪像雨点一样洒落下来，打在人的脸上、身上，打在树木和屋顶上。到处是斑斑驳驳的白点。人有些慌了，以为要出啥事。许多人聚到一起，胡乱地猜测着。后来全村人聚到一起，谁也不敢单独待在家里。鸟在天上乱叫，人在地下胡说。谁也听不懂谁。几乎所有的鸟都在叫，听上去各叫各的，一片混乱，不像在商量什么、决定什么，倒像在吵群架，乱糟糟的，从没有停住嘴，听一只鸟独叫。人正好相反，一个人说话时，其他人都住嘴听着，大家都以为这个人知道鸟为啥聚会。这个人站在一个土圪垯上，把手一挥，像刚从天上飞下来似的，其他人愈加安静了。这个人清清嗓子，开始说话。他的话语杂在鸟叫中，才听还像人声，过一会儿像是鸟叫了。其他人轰的一声开始乱吵，像鸟一样各叫各的起来。天地间混杂着鸟语人声。

这样持续了约莫一小时，鸟群散去，阳光重又照进村子。人抬头看天，一只鸟也没有了。鸟不知散落到了哪里，天空腾空了。人看了半天，看见一只鸟从西边天空孤孤地飞过来，在刚才鸟群盘旋的地方转了几圈，叫了几声，又朝西边飞走了。

可能是只来迟了没赶上聚会的鸟。

还有一次，一群乌鸦聚到村东头开会，至少有几千只，大部分落在路边的老榆树上，树上落不下的，黑黑地站在地上、埂子上和路上。人都知道乌鸦一开会，村里就会死人，但谁都不知道谁家人会死。整个西边的村庄空掉了，人都拥到了村东边，人和乌鸦离得很近，顶多有一条马路宽的距离。那边，乌鸦黑乎乎地站了一树一地；这边，人群黑压压地站了一渠一路。乌鸦"呱呱"地乱叫，人群一声不吭，像极有教养的旁听者，似乎要从乌鸦聚会中听到有关自家的秘密和内容。

只有王占从人群中走出来，举着个枝条，喊叫着朝乌鸦群走过去。老榆树旁是他家的麦地。他怕乌鸦踩坏麦子。他挥着枝条边走边"啊啊"地喊，听上去像另一只乌鸦在叫，都快走到跟前了，却没一只乌鸦飞起来，好像乌鸦没看见似的。王占害怕了，枝条举在手里，愣愣地站了半天，掉头跑回到人群里。

正在这时，"咔嚓"一声，老榆树的一个横枝被压断，几百只乌鸦齐齐摔下来，机灵点的掉到半空飞起来，更多的掉在地上，或在半空乌鸦碰乌鸦，惹得人群一阵哄笑。还有一只摔断了翅膀，鸦群飞走后那只乌鸦孤零零地站在树下，望望天空，又望望人群。

全村人朝那只乌鸦围了过去。

那年村里没有死人。那棵老榆树死掉了。乌鸦飞走后树上光秃秃的，所有树叶都被乌鸦踏落了。第二年春天，也没再长出叶子。

"你听见那天晚上有只鸟叫了吗？是只很大的鸟，一共叫了八声。"

以后很长时间，我都想找到一个在那天晚上听到鸟叫的人。我问过住在村南头的王成礼和孟二，还问了韩三。第七声鸟叫就是从韩三家房顶上传来的，他应该能听见。如果黄沙梁真的没人听见，那只鸟就是叫给我一个人听的。我想。

我最终没有找到另一个在那晚听见鸟叫的人。以后许多年，我忙于长大自己，已经淡忘了那只鸟的事。它像童年经历的许多事情一样被推远了。可是，在我快四十岁的时候，不知怎的，又突然想起那几声鸟叫来。有时我会情不自禁地张几下嘴，想叫出那种声音，又觉得那不是鸟叫。也许我记错了。也许，只是一个梦，根本没有那个夜晚，没有草垛上独睡的我，没有那几声鸟叫。也许，那是我外爷的声音，他寂寞了，在夜里喊叫几声。我很小的时候，外爷粗大的声音常从高处贯下来，我常常被吓住，仰起头，看见外爷宽大的胸脯和满是胡子的大下巴。有时他会塞一个糖给我，有时会再大喊一声，撵我们走开，到别处玩去。外爷极爱干净，怕我们弄脏他的房子，我们一走开他便拿起扫把扫地。

现在，这一切了无凭据。那个牛圈不在了。高出树梢屋顶的那垛草早被牛吃掉，圈棚倒塌，曾经把一个人举到高处的那些东西消失了。再没有人从这个高度，经历他所经历的一切。

最后一只猫

　　我们家的最后一只猫也是纯黑的,样子和以前几只没啥区别,只是更懒,懒得捉老鼠不说,还偷吃饭菜馍馍。一家人都讨厌它。小时候它最爱跳到人怀里让人抚摸,小妹燕子整天抱着它玩。它是小妹有数的几件玩具中的一个,摆家家时当玩具将它摆放在一个地方,它便一动不动,眼睛跟着小妹转来转去,直到它被摆放到另一个地方,还是很听话地卧在那里。

　　后来小妹长大了没了玩兴,黑猫也变得不听话,有时一跃跳到谁怀里,马上被一把拨拉下去,在地上挡脚了,也会不轻不重挨上一下。我们似乎对它失去了耐心,那段日子家里正好出了几件让人烦心的事。我已记不清是些什么事。反正,有段日子生活对我们不好,我们也没更多的心力去关照家畜们。似乎我们成了一个周转站,生活对我们好一点,我们给身边事物的关爱就会多一点。我们没能像积蓄粮食一样在心中积攒足够的爱与善意,以便生活中没有这些东西时,我们仍能节俭地给予。那些年月我们一直都没积蓄下足够的粮食。贫穷太漫长了。

黑猫在家里待得无趣,便常出去,有时在院墙上跑来跑去,还爬到树上捉鸟,却从未捉到一只。它捉鸟时那副认真劲让人好笑,身子贴着树干,极轻极缓地往上爬,连气都不出。可是,不管它的动作多轻巧无声,总是爬到离鸟一米多远处,鸟便扑地飞走了。黑猫朝天上望一阵,无奈地跳下树来。

以后它便不常回家了。我们不知道它在外面干些啥,村里几户人家夜里丢了鸡,有人看见是我们家黑猫吃的,到家里来找猫。

它已经几个月没回家,早变成野猫了。父亲说。

野了也是你们家的。你要这么推辞,下次碰见了我可要往死里打。来人气哼哼地走了。

我们家的鸡却一只没丢过。黑猫也没再露面,我们以为它已经被人打死了。

又过了几个月,秋收刚结束,一天夜里,我听见猫在房顶上叫,不停地叫。还听见猫在房上来回跑动。我披了件衣服出去,叫了一声,见黑猫站在房檐上,头探下来对着我直叫。我不知道出了啥事,它急声急气地要告诉我什么。我喊了几声,想让它下来。它不下来，只对着我叫。我有点冷，进屋睡觉去了。

钻进被窝我又听见猫叫了一阵，嗓子哑哑的。接着猫的脚步声踩过房顶，然后听见它跳到房边的草堆上，再没有声音了。

第二年，也是秋天，我在南梁地上割苞谷秆。十几天前就已掰完苞米，今年比去年少收了两马车棒子，我们有点生气，就把那片苞谷秆扔在南梁上半个月没去理识。

别人家的苞谷秆早砍回来码上草垛。地里已开始放牲口。我们也觉得没理由跟苞谷秆过不去。它们已经枯死。掰完棒子的苞谷秆，就像一群衣衫破烂的穷叫花子站在秋风里。

不论收多收少，秋天的田野都叫人有种莫名的伤心，仿佛看见多少年后的自己，枯枯抖抖站在秋风里。多少个秋天的收获之后，人成了自己的最后一茬作物。

一个动物在苞谷地迅跑，带响一片苞谷叶。我直起身，以为是一条狗或一只狐狸，提着镰刀悄悄等候它跑近。

它在距我四五米处蹿出苞谷地。是一只黑猫。我喊了一声，它停住，回头望着我。是我们家那只黑猫，它也认出我了，转过身朝我走了两步，又犹疑地停住。我叫了几声，想让它过来。它只是望着我，咪咪地叫。我走到马车旁，从布包里取出馍馍，掰了一块扔给黑猫，它本能地前扑了一步，两只前爪抱住馍馍，用嘴啃了一小块，又抬头望我。我叫着它朝前走了两步，它警觉地后退了三步,像是猜出我要抓住它。我再朝它走,它仍退。相距三四步时,猫突然做出一副很厉害的表情,喵喵尖叫两声,一转身蹿进苞谷地跑了。

这时我才意识到提在手中的镰刀。黑猫刚才一直盯着我的手,它显然不信任我了。钻进苞谷地的一瞬我发现它的一条后腿有点瘸。肯定被人打的。这次相遇使它对我们最后的一点信任都没有了。从此它将成为一只死心塌地的野猫,越来越远地离开这个村子。它知道它在村里干的那些事。村里人不会饶它。

走向虫子

一只八条腿的小虫,在我的手指上往前爬,爬得慢极了,走走停停,八只小爪踩上去痒痒的。停下的时候,就把针尖大的小头抬起往前望。然后再走。我看得可笑。它望见前面没路了吗?竟然还走。再走一小会儿,就是指甲盖,指甲盖很光滑,到了尽头,它若悬崖勒不住马,肯定一头栽下去。我正为这粒小虫的短视和盲目好笑,它已过了我的指甲盖,到了指尖,头一低,没掉下去,竟从指头底部慢慢悠悠向手心爬去了。

这下该我为自己的眼光羞愧了,我竟没看见指头底下还有路。走向手心的路。

人的自以为是使人只能走到人这一步。

虫子能走到哪里,我除了知道小虫一辈子都走不了几百米,走不出这片草滩以外,我确实不知道虫走到了哪里。

一次我看见一只蜣螂滚着一颗比它大好几倍的粪蛋,滚到一个半坡上。蜣螂头抵着地，用两只后腿使劲往上滚，费了很大劲才滚动了一点点。而且，只要蜣螂稍一松劲，粪蛋有可能原路滚下去。我看得着急，真想伸手帮它一把，却不知蜣螂要把它弄到哪。朝四周看了一圈也没弄清哪是蜣螂的家，是左边那棵草底下，还是右边那几块土坷垃中间。假如弄明白的话，我一伸手就会把这个对蜣螂来说沉重无比的粪蛋轻松拿起来，放到它的家里。我不清楚蜣螂在滚这个粪蛋前，是否先看好了路，我看了半天，也没看出朝这个方向滚去有啥好去处，上了这个小坡是一片平地，再过去是一个更大的坡，坡上都是草，除非从空中运，或者蜣螂先铲草开一条路，否则粪蛋根本无法过去。

或许我的想法天真，蜣螂根本不想把粪蛋滚到哪去。它只是做一个游戏，用后腿把粪蛋滚到坡顶上，然后它转过身，绕到另一边，用两只前爪猛一推，粪蛋骨碌碌滚了下去，它要看看能滚多远，以此来断定是后腿劲大还是前腿劲大。谁知道呢。反正我没搞清楚，还是少管闲事。我已经有过教训。

那次是一只蚂蚁，背着一条至少比它大二十倍的干虫，被一个土块挡住。蚂蚁先是自己爬上土块，用嘴咬住干虫往上拉，试了几下不行，又下来钻到干虫下面用头顶，竟然顶起来，摇摇晃晃，眼看顶上去了，却掉了下来，正好把蚂蚁碰了个仰面朝天。

蚂蚁一骨碌爬起来，想都没想，又换了种姿势，像那只蜣螂那样头顶着地，用后腿往上举。结果还是一样。但它一刻不停，动作越来越快，也越来越没效果。

我猜想这只蚂蚁一定是急于把干虫搬回洞去。洞里有多少孤老寡小在等着这条虫呢。我要能帮帮它多好。或者，要是再有一只蚂蚁帮忙，不就好办多了吗？正好附近有一只闲转的蚂蚁，我把它抓住，放在那个土块上，我想让它站在上面往上拉，下面的蚂蚁正拼命往上顶呢，一拉一顶，不就上去了吗。

可是这只蚂蚁不愿帮忙，我一放下，它便跳下土块跑了。我又把它抓回来，这次是放在那只忙碌的蚂蚁的旁边，我想是我强迫它帮忙，它生气了。先让两只蚂蚁见见面，商量商量，那只或许会求这只帮忙，这只先说忙，没时间。那只说，不白帮，过后给你一条虫腿。这只说不行，给两条。一条半，那只还价。

我又想错了。那只忙碌的蚂蚁好像感到身后有动静，一回头看见这只，二话没说，扑上去就打。这只被打翻在地，爬起来仓皇而逃。也没看清咋打的，好像两只牵在一起，先是用口咬，接着那只腾出一只前爪，抡开向这只脸上扇去，这只便倒地了。

那只连口气都不喘，回过身又开始搬干虫。我真看急了，一伸手，连干虫带蚂蚁一起扔到土块那边。我想蚂蚁肯定会感激这个天降的帮忙。没想到它生气了，一口咬住干虫，拼命使着劲，硬要把它原路搬到土块那边去。

  我又搞错了。也许蚂蚁只是想试试自己能不能把一条干虫搬过土块，我却认为它要搬回家去。真是的，一条干虫，我会搬它回家吗？

  也许都不是。我这颗大脑袋，压根不知道蚂蚁那只小脑袋里的事情。

那些鸟会认人

我们搬走了,那窝老鼠还要生活下去,偷吃冯三的粮食。鸟会落在剩下的几棵树上。更多的鸟会落到别人家树上。也许全挤在我们砍剩那几棵树上,叽叽喳喳一阵乱叫。鸟不知道院子里发生了啥事。但它们知道那些树不见了。筑着它们鸟窝的那些树枝乱扔在地上,精心搭筑的鸟窝和窝里的全部生活像一碗饭扣翻在地上。

冯三一个人在屋里听鸟叫。我们没有把鸟叫算成钱卖给冯三。我们带不走那些鸟。带不走筑着鸟窝的树枝。那些枝繁叶茂的树砍倒后,我们只拿走主干。其余的全扔在地上。我们经营了多少年才让成群的鸟落到院子,一早一晚,鸟的叫声像绵密细雨洒进粗糙的牛哞驴鸣里。那些鸟是我们家的。我们一家十六只耳朵听鸟叫。冯三一个人,眼睛不好使,耳朵也有些背。从此那些鸟将没人听地叫下去,都叫些什么我们再不会知道。

大多是麻雀在叫。麻雀的口音与我们相近，一听就是很近的乡邻。树一房高时它们在树梢上筑窠，好像有点害怕我们，把窠藏在叶子中间，以为我们看不见。后来树一年年长高，鸟窠便被举到高处，都快高过房顶一房高了，可能鸟觉得太高了，下到地上啄食不方便，又往下挪了几个树枝，也不遮遮掩掩了。

夏天经常有身上没毛的小鸟从树上掉下来，像我们小时候从炕上掉下来一样，扯着嗓子直叫。大鸟也在一旁叫，它没办法把小鸟弄到窝里去，眼睁睁看着叫猫吃掉，叫一群蚂蚁活活拖走。碰巧被我们收工放学回来看见了，赶快捡起来，仰起头瞅准了是哪个窝里掉下来的，爬上树给放回去。

一般来说爬树都是我的事，四弟也很能爬树，上得比我还高。不过我们很少上到树上去惹鸟。鸟跟我们吵过好几架，有点怕惹它们了。一次是我上去送一只小鸟，爬到那个高过房顶的横枝上。窝里有八只鸟蛋的时候我偷偷上来过一次，蛋放在手心玩了好一阵又原样放进去。这次窝里伸出七八只小头，全对着我叫。头上一大群鸟在尖叫。鸟以为我要毁它的窝伤它的孩子，一会儿扑啦啦落在头顶树枝上，边叫边用雨点般的鸟粪袭击我。一会儿落到院墙上，对着我们家门窗直叫，嗓子都直了，叫出血了。那声音听上去就是在骂人。母亲烦了，出门朝树上喊一声："快下来，再别惹鸟了。"

另一次是风把晾在绳上的红被单刮到树梢，正好蒙在一个鸟窠上，四弟拿一根木棍上去取，惹得鸟大叫了一晌午。

还有一次，一只鹞子落在树上，鸟全惊飞到房顶和羊圈棚上乱叫。狗也对着树上叫。鸡和羊也望着树上。我们走出屋子，见一只灰色大鸟站在树杈上。父亲说是鹞子，专吃鸽子和鸟，我捡了块土块扔过去，它飞走了。

除了麻雀，有时房檐会落两只喜鹊，树梢站一只猫头鹰，还有声音清脆的黄雀时时飞来。它们从不在我们家树上筑窠。好像也从不把黄沙梁当家。它们往别处去，飞累了落在树枝上歇会儿脚，对着院子里的人和牲畜叫几声。

"那堆苞谷赶紧收进去，要下雨啦。"

"镰刀用完了就挂到墙上。锹立在墙角。别满院子乱扔。"

我觉得它们像一些巡逻官，高高在上训我们，只是话音像唱歌一样好听。趁人不注意飞下来叼一口食，又远远飞走。飞出院子飞过村子，再几年都见不到。

"那些麻雀会认人呢！"我对父亲说，昨天我在南梁坡割草，一只麻雀老围着我叫，我以为它想偷吃我背包里的馍馍。我低头割草，它就落在前面的草枝上对着我叫，我捆草时它又落到地上对着我叫。后来我才发现是我们家树上的一只鸟，左爪内侧有一小撮白毛，在院子里胆子特别大，敢走到人脚边觅食吃，所以我认下了。刚才我又看见了它,站在白母羊背上捡草籽吃。

鸟就是认人呢。大哥也说,那天他到野滩打柴,就看见我们家树上几只鸟。也不知道它们跑那么远去干啥。是跟着牛车去的,还是在滩里碰上了。它们一直围着牛转,叽叽喳喳,像对人说话。大哥装好柴后它们落到柴车上,四只并排站在一根柴火上,一直乘着牛车回到家。

老鼠应该有一个好收成

我用一个下午,观察老鼠洞穴。我坐在一蓬白草下面,离鼠洞约二十米远。这是老鼠允许我接近的最近距离。再逼近半步老鼠便会仓皇逃进洞穴,让我什么都看不见。

老鼠洞筑在地头一个土包上,有七八个洞口。不知老鼠凭什么选择了这个较高的地势。也许是在洞穴被水淹多少次后,知道了把洞筑在高处。但这个高它是怎样确定的。靠老鼠的寸光之目,是怎样对一片大地域的地势做高低判断的。它选择一个土包,爬上去望望,自以为身居高处,却不知这个小土包是在一个大坑里。

这种可笑短视行为连人都无法避免,况且老鼠。但老鼠的这个洞的确筑在高处。

以我的眼光,方圆几十里内,这也是最好的地势。再大的水灾也不会威胁到它。

这个蜂窝状的鼠洞里住着大约上百只老鼠，每个洞口都有老鼠进进出出，有往外运麦壳和杂渣的，有往里搬麦穗和麦粒的。那繁忙的景象让人觉得它们才是真正的收获者。

有几次我扛着锹过去，忍不住想挖开老鼠的洞看看，它到底贮藏了多少麦子。但我还是没有下手。

老鼠洞分上中下三层，老鼠把麦穗从田野里运回来，先贮存在最上层的洞穴。中层是加工作坊。老鼠把麦穗上的麦粒一粒粒剥下来，麦壳和渣子运出洞外，干净饱满的麦粒从一个垂直洞口滚落到最下层的底仓。每一项工作都有严格的分工，不知这种分工和内部管理是怎样完成的。在一群匆忙的老鼠中，哪一个是它们的王，我不认识。我观察了一下午，也没有发现一只背着手迈着方步闲转的官鼠。

我曾在麦地中看见一只当搬运工具的小老鼠，它仰面朝天躺在地上，四肢紧抱着两支麦穗，另一只大老鼠用嘴咬住它的尾巴，当车一样拉着它走。

我走近时，拉的那只扔下它跑了，这只不知道发生了啥事，抱着麦穗躺在地上发愣。我踢了它一脚，才反应过来，一骨碌爬起来，扔下麦穗便跑。我看见它的脊背上磨得红稀稀的，没有了毛。跑起来一歪一斜，很疼的样子。

以前我在地头见过好几只脊背上没毛的死老鼠，我还以为是它们相互厮打致死的，现在明白了。

在麦地中，经常能碰到几只匆忙奔走的老鼠，它让我停住脚步，想想自己这只忙碌的大老鼠，一天到晚又忙出了啥意思。我终生都不会走进老鼠深深的洞穴，像个客人，打量它堆满底仓的干净麦粒。

老鼠应该有这样的好收成。这也是老鼠的土地。

我们未开垦时，这片长满苦豆和艾蒿的荒地上到处是鼠洞，老鼠靠草籽和草秆为生，过着富足安逸的日子。我们烧掉蒿草和灌木，毁掉老鼠洞，把地翻一翻，种上麦子。我们以为老鼠全被埋进地里了。

当我们来割麦子的时候，发现地头筑满了老鼠洞，它们已先我们开始了紧张忙碌的麦收。这些没草籽可食的老鼠，只有靠麦粒为生。被我们称为细粮的坚硬麦粒，不知合不合老鼠的口味。老鼠吃着它胃舒不舒服。

这些匆忙的抢收者，让人感到丰收和喜悦不仅仅是人的，也是万物的。

我们喜庆的日子，如果一只老鼠在哭泣，一只鸟在伤心流泪，我们的欢乐将是多么的孤独和尴尬。

在我们周围，另一种动物，也在为这片麦子的丰收而欢庆，我们听不见它们的笑声，但能感觉到。

它们和村人一样期待了一个春天和一个漫长的夏季。它们的期望没有落空。我们也没落空。它们用那只每次只能拿一支麦穗、捧两颗麦粒的小爪子，从我们的大丰收中，拿走一点，就能过很好的日子。而我们，几乎每年都差那么一点，就能幸福美满地——吃饱肚子。

卷二 | 我父亲没有和我一起活老

先父

一

　　我比年少时更需要一个父亲,他住在我隔壁,夜里我听他打呼噜,费劲地喘气。看他弓腰推门进来,一脸皱纹,眼皮耷拉,张开剩下两颗牙齿的嘴,对我说一句话。我们在一张餐桌上吃饭,他坐上席,我在他旁边,看着他颤巍巍伸出一只青筋暴露的手,已经抓不住什么,又抖抖地勉力去抓住。听他咳嗽,大口喘气——这就是数年之后的我自己。一个父亲,把全部的老年展示给儿子。一如我把整个童年、青年带回到他眼前。

　　在一个家里,儿子守着父亲老去,就像父亲看着儿子长大成人。这个过程中儿子慢慢懂得老是怎么回事。父亲在前面蹚路。父亲离开后儿子会知道自己四十岁时该做什么,五十岁、六十岁时要考虑什么。到了七八十岁,该放下什么,去着手操劳什么。

可是，我没有这样一个老父亲。

我活得比你还老的时候，身心的一部分仍旧是一个孩子。我叫你爹，叫你父亲，你再不答应。我叫你爹的那部分永远地长不大了。

多少年后，我活到你死亡的年龄：三十七岁。我想，我能过去这一年，就比你都老了。作为一个女儿的父亲，我会活得更老。那时想起年纪轻轻就离去的你，就像怀想一个早夭的儿子。你给我童年，我自己走向青年、中年。

我的女儿只看见过你的坟墓。我清明带着她上坟，让她跪在你的墓前磕头，叫你爷爷。你这个没福气的人，没有活到她张口叫你爷爷的年龄。如果你能够，在那个几乎活不下去的年月，想到多少年后，会有一个孙女附在耳边轻声叫你爷爷，亲你胡子拉碴的脸，或许你会为此活下去。但你没有。

二

留下五个儿女的父亲，在五条回家的路上。一到夜晚，村庄的五个方向有你的脚步声。狗都不认识你了。五个儿女分别出去开门，看见不同的月色星空。他们早已忘记模样的父亲，一脸漆黑，站在夜色中。

多年来儿女们记住的,是五个不同的父亲。或许根本没有一个父亲。所有对你的记忆都是空的。我们好像从来就没有过你。只是觉得跟别人一样应该有一个父亲,尽管是一个死去的父亲。每年清明我们上坟去看你,给你烧纸,烧烟和酒。边烧边在坟头吃喝说笑。喝剩下的酒埋在你的头顶。临走了再跪在墓碑前叫一声父亲。

我们真的有过一个父亲吗?

当我们谈起你时,几乎没有一点共同的记忆。我不知道六岁便失去你的弟弟记住的那个父亲是谁。当时还在母亲怀中哇哇大哭的妹妹记住的,又是怎样一个父亲。母亲记忆中的那个丈夫跟我们又有什么关系。你死的那年我八岁,大哥十一岁,最小的妹妹才八个月。我的记忆中没有一点你的影子。我对你的所有记忆是我构想的。我自己创造了一个父亲,通过母亲、认识你的那些人,也通过我自己。

如果生命是一滴水,那我一定流经了上游,经过我的所有祖先,爷爷奶奶、父亲母亲,就像我迷茫中经过的无数个黑夜。我浑然不觉的黑夜。我睁开眼睛。只是我不知道我来到世上那几年里,我看见了什么。我的童年被我丢掉了,包括那个我叫父亲的人。

我真的早已忘了,这个把我带到世上的人。我记不起他的样子，忘了他怎样在我记忆模糊的幼年，教我说话，逗我玩，让我骑在他的脖子上，在院子里走。我忘了他的个头，想不起家里仅存的一张照片上，那个面容清瘦的男人曾经跟我有过什么关系。他把我拉扯到八岁，他走了。可我八岁之前的记忆全是黑夜，我看不清他。

我需要一个父亲，在我成年之后，把我最初的那段人生讲给我。就像你需要一个儿子，当你死后，我还在世间传播你的种子。你把我的童年全带走了，连一点影子都没留下。

我只知道有过一个父亲。在我前头，隐约走过这样一个人。我有一脚踩在他的脚印上，隔着厚厚的尘土。我有一声追上他的声。我吸的有一口气，是他呼出的。

你死后我所有的童年之梦全破灭了。只剩下生存。

三

我没见过爷爷，他在父亲很小时便去世了。我的奶奶活到七十八岁。那是我看见的唯一一个亲人的老年。父亲死后她又活了三年，或许是四年。她把全部的老年光景示意给了母亲。我们的奶奶，那个老年丧子的奶奶，我已经想不起她的模样，记忆中只有一个灰灰的老人，灰白头发，灰旧衣服，弓着背，小脚，拄拐，活在一群未成年的孙儿中。她给我们做饭，洗碗。晚上睡在最里边的炕角。我仿佛记得她在深夜里的咳嗽和喘息，记得她摸索着下炕，开门出去。过一会儿，又进来，摸索着上炕。全是黑黑的感觉。

有一个早晨，她再没有醒来，母亲做好早饭喊她，我们也大声喊她。她就睡在那个炕角，弓着身，背对我们，像一个熟睡的孩子。母亲肯定知道奶奶的更多细节，她没有讲给我们。我也很少问过。仿佛我们对自己的童年更感兴趣。童年是我们自己的陌生人。我们并不想看清陪伴童年的那个老人。我们连自己都无法弄清。印象中奶奶只是一个遥远的亲人，一个称谓。她死的时候，我们的童年还没有结束。她什么都没有看见，除了自己独生儿子的死，她在那样的年月里，看不见我们前途的一丝光亮。我们的未来向她关闭了。她对我们的所有记忆是愁苦。她走的时候，一定从童年领走了我们，在遥远的天国，她抚养着永远长不大的一群孙儿孙女。

四

在我九岁，你离世的第二年，我看见十二岁时的光景：个头稍高一些，胳膊长到锹把粗，能抱动两块土块，背一大捆柴从野地回来,走更远的路去大队买东西——那是我大哥当时的岁数。我和他隔了三年,看见自己在慢慢朝一捆背不动的柴走近,我的身体正一碗饭、一碗水地长到能背起一捆柴、一袋粮食。

然后我到了十六岁,外出上学。十九岁到沙湾安吉海小镇工作。那时大哥已下地劳动,我有了跟他不一样的生活,我再不用回去种地。

可是,到了四十岁,我对年岁突然没有了感觉。路被尘土蒙蔽。我不知道四十岁以后的下一年我是多大。我的父亲没有把那时的人生活给我看。他藏起我的老年,让我时刻回到童年。在那里,他的儿女永远都记得他收工回来的那些黄昏,晚饭的香味飘在院子。我们记住的饭菜全是那时的味道。我一生都在找寻那个傍晚那顿饭的味道。已经忘了是什么饭,一家人围坐在桌旁,筷子摆齐,等父亲的脚步声踩进院子,等他带回一身尘土,在院门外拍打。

有这样一些日子,父亲就永远是父亲了,没有谁能替代他。我们做他的儿女,他再不回来我们还是他的儿女。一次次,我们回到有他的年月,回到他收工回来的那些傍晚,看见他一身尘土,头上落着草叶。他把铁锨立在墙根,一脸疲惫。母亲端来水让他洗脸,他坐在土墙的阴影里,一动不动,好像叹着气,我们全在一旁看着他。多少年后,他早不在人世,我们还在那里一动不动看着他。我们叫他父亲，声音传不过去。盛好饭，碗递不过去。

五

你死去后我的一部分也在死去。你离开的那个早晨我也永远地离开了，留在世上的那个我究竟是谁。

父亲，只有你能认出你的儿子。我从小流落人世，不知家，不知冷暖饥饱。只有你记得我身上的胎记，记得我初来人世的模样和眼神，记得我第一眼看你时，紧张陌生的表情和勉强的一丝微笑。

我一直等你来认出我。我像一个父亲看儿子一样，一直看着我从八岁长到四十岁。这应该是你做的事情。你闭上眼睛不管我了。我是否已经不像你的儿子。我自己拉扯大自己。这个四十岁的我到底是谁。除了你，是否还有一双父亲的眼睛，在看着我。

我在世间待得太久了。谁拍打过我头上的土。谁会像擦拭尘埃一样，拭去我的年龄、皱纹，认出最初的模样。当我淹没在熙攘人群中，谁会在身后喊一声：哎，儿子。我回过头，看见我童年时的父亲，我满含热泪，一步步向他走去，从四十岁，走到八岁。我一直想把那个八岁的我从童年领出来。如果我能回去，我会像一个好父亲，拉着那个八岁孩子的手，一直走到现在。那样我会认识我，知道自己走过了怎样一条路。

现在，我站在四十岁的黄土梁上，望不见自己的老年，也看不清远去的童年。

我一直等你来认出我，告诉我辈分，一一指给我母亲兄弟。他们一样急切地等着我回去认出他们。当我叫出大哥时，那个太不像我的长兄一脸欢喜，他被辨认出来。当我喊出母亲时，我一下喊出我自己，一个四十岁的儿子，回到家里，最小的妹妹都三十岁了。我们有了一个后父。家里已经没你的位置。

你在世间只留下名字，我为怀念你的名字把整个人生留在世上。我的身体承受你留下的重负，从小到大，你不去背的一捆柴我去背回来，你不再干的活我一件件干完。他们说我是你儿子，可是你是谁，是我怎样的一个父亲。我跟你走掉的那部分一遍遍地喊着父亲。我留下的身体扛起你的铁锨。你没挖到头的一截水渠我得接着挖完，你垒剩的半堵墙我们还得垒下去。

六

如果你在身旁，我可能会活成另外一个人。你放弃了教养我的职责。没有你我不知道该听谁的。谁有资格教育我做人做事。

我以谁为榜样一岁岁成长。我像一棵荒野中的树，听由了风、阳光、雨水和自己的性情。谁告诉过我哪个枝丫长歪了。谁曾经修剪过我。如果你在，我肯定不会是现在的样子，尽管我从小就反抗你。听母亲说，我自小就不听你的话，你说东，我朝西。你指南，我故意向北。但我最终仍长得跟你一模一样。没有什么能改变你的旨意。我是你儿子，你孕育我的那一刻我便再无法改变。但我一直都想改变，我想活得跟你不一样。我活得跟你不一样时，内心的图景也许早已跟你一模一样。

早年认识你的人，见了我都说：你跟你父亲那时候一模一样。我终究跟你一样了。你不在我也没活成别人的儿子。

可是，你那时坚持的也许我早已放弃，你舍身而守的，我或许已不了了之。没有你我会相信谁呢？你在时我连你的话都不信。现在我想听你的，你却一句不说。我多想让你吩咐我干一件事，就像早年，你收工回来，叫我把你背来的一捆柴码在墙根。那时我那么不情愿，码一半，剩下一半。你看见了，大声呵斥我。我再动一动，码上另一半，仍扔下一两根，让你看着不舒服。

可是现在，谁会安排我去干一件事呢。我终日闲闲。半生来我听过谁的半句话。我把谁放在眼里，心存佩服。

父亲，我现在多么想你在身边，喊我的名字，说一句话，让我去门外的小店买一盒火柴，让我快一点。我干不好时你瞪我一眼,甚至骂我一顿。

如今我多么想做你让我做的一件事情,哪怕让我倒杯水。只要你吭一声,递个眼神,我会多么快乐地去做。

父亲,我如今多想听你说一些道理,哪怕是老掉牙的,我会毕恭毕敬倾听,频频点头。你不会给我更新的东西。我需要那些新东西吗?

父亲,我渴求的仅仅是你说过千遍的老话。我需要的仅仅是能够坐在你身旁,听你呼吸,看你抽烟的样子,吸一口,深咽下去,再缓缓吐出。我现在都想不起你是否抽烟,我想你时完全记不起你的样子。不知道你长着怎样一双眼睛,蓄着多长的头发和胡须,你的个子多高,坐着和走路是怎样的架势。还有你的声音,我听了八年,都没记住。我在生活中失去你,又在记忆中把你丢掉。

七

你短暂落脚的地方,无一不成为我长久的生活地。有一年你偶然途经,吃过一顿便饭的沙湾县城①,我住了二十年。你和母亲

---

① 现为沙湾市。

进疆后度过第一个冬天的乌鲁木齐，我又生活了十年。没有谁知道你的名字，在这些地方，当我说出我是你的儿子，没有谁知道。四十年前，在这里拉过一冬天石头的你，像一粒尘土埋在尘土中。

只有在故乡金塔，你的名字还牢牢被人记住。我的堂叔及亲戚们，一提到你至今满口惋惜。他们说你可惜了。一家人打柴放牛供你上学。年纪轻轻做到县中学校长、县团委副书记。

要是不去新疆，不早早死掉，也该做到县长了。

他们谈到你的活泼性格，能弹会唱，一手好毛笔字。在一个叔叔家，我看到你早年写在两片白布上的家谱，端正有力的小楷。墨迹浓黑，仿佛你刚刚写好离去。

他们听说我是你儿子时，那种眼神，似乎在看多少年前的你。在那里我是你儿子。在我生活的地方你是我父亲。他们因为我而知道你，但你不在人世。我指给别人的是我的后父，他拉扯我们长大成人。他是多么的陌生，永远像一个外人。平常我们一起干活，吃饭，张口闭口叫他父亲。每当清明，我们便会想起另一个父亲，我们准备烧纸、祭食去上坟，他一个人留在家，无所事事。不知道他死后，我们会不会一样惦念他。他的祖坟在另一个村子，相距几十公里，我们不可能把他跟先父埋在一起，他有自己的坟地。到那时，我们会有两处坟地要扫，两个父亲要念记。

八

　　埋你的时候，我的一个远亲姨父掌事。他给你选了玛纳斯河边的一块高地，把你埋在龙头，前面留出奶奶的位置。他对我们说，后面这块空地是留给我们的。我那时太小，一点不知道死亡的事，不知道自己以后也会死，这块地留给我们干什么。

　　我的姨父料理丧事时，让我们、让他的儿子们站在一旁，将来他死了，我们会知道怎样埋他。这是做儿子的必须学会的一件事，就像父母懂得怎样生养你，你要学会怎样为父母送终。在儿子成年后，父母的后事便成了时时要面对的一件事，父母在准备，儿女们也在准备，用很多年、很多个早晨和黄昏，相互厮守，等待一个迟早会来到的时辰，它来了，我们会痛苦，伤心流泪，等待的日子全是幸福。

　　父亲，你没有让我真正当一次儿子，为你穿寿衣，修容，清洗身体，然后，像抱一个婴儿一样，把你放进被褥一新的寿房。我那时八岁，看见他们把你装进棺材。我甚至不知道死亡是怎么回事。在我的记忆中埋你的墓坑是一个长方的地洞，他们把你放进去，棺材头上摆一碗米饭，插上筷子，我们趴在坑边，跟着母亲大声哭喊，看人们一锨锨把土填进去。我一直认为你从另一个出口走了。他们堵死这边，让你走得更远。多少年来我一直想你会回来，有一天突然推开家门，看见你稍稍长大几岁的儿女，衣衫破旧；看见你清瘦憔悴的妻子，拉扯五个儿女艰难度日；看见只剩下一张遗像的老母亲。你走的时候，会想到我们将活成怎样。我成年以后，还常常想着，有一天我会在一条异乡的路上遇见你，那时你已认不出我，但我一定会认出你，领你回家。一个丢掉又找回来的老父亲，我们需要他的时候他离去了。等我长大，过上富裕日子，他从远方流浪回来，老得走不动路。他给我一个赡养父亲的机会，也给我一个料理死亡的机会。这是父亲应该给儿子的，你没有给我。你早早把死亡给了别人。

九

　　我将在黑暗中孤独地走下去，没有你引路。四十岁以后的寂寞人生，衰老已经开始，我不知道自己在年老腰疼时，怎样在深夜独自忍受，又在白天若无其事，一样干活说话。在老得没牙时，喝不喜欢的稀粥，把一块肉含在口中，慢慢地嚼。我的身体迟早会老到这一天。到那时，我会怎样面对自己的衰老。父亲，你是我的骨肉亲人，你的每一丝疼痛我都能感知。衰老是一个缓慢到来的过程，也许我会像接受自己长个子、生胡须一样，接受脱发、骨质增生，以及衰老带来的各种病痛。

但是，你忍受过的病痛我一定能坦然忍受。我小时候，有大哥，有母亲和奶奶，引领我长大。也有我单独寂寞的成长。我更需要你教会我怎样衰老和死亡。

如果你在身旁，我会早早知道，自己的腿在多大年龄变老，走不动路。眼睛在哪一年秋天花去。这一年到来时，我会有时间给自己准备老花镜和拐杖。我会在眼睛彻底失明前，记住回家的路，和那些常用物件的位置。我会知道你在多大年龄开始为自己准备后事，吩咐你的大儿子，准备一口好棺材，白松木的，两条木凳支起，放在草棚下，着手还外欠的债，把你一生交往的好朋友介绍给儿子。你死后无论我走到哪，遇到什么难事，认识你的人会说，这是你的后人。他们中的某个人，会伸手帮我一把。

可是，没有一个叫父亲的人，白发飘飘，把我向老年引。我不知道老是什么样子。我的腿不把酸痛告诉我。我的腰不把弯曲告诉我。我的皮肤不把皱纹告诉我。我老了我不知道。就像我年少时，不知道自己是一个孩子。我去沙漠砍柴、打土坯、背猪草，干大人的活。没人告诉我是个孩子。父亲离开的那一年我们全长大了，从最小的妹妹，到我。你剩给我们的全是大人的日子。我的童年不见了。

直到有一天，我背一大捆柴回家，累了在一户人家墙根歇息，那家的女人问我多大了，我说十三岁。她说，你还是个孩子，就干这么重的活。我羞愧地低下头，看见自己细细的腿和胳膊，露着肋骨的前胸和独自长大的一双脚。你都死去多少年了，我以为自己早长大了，可还小小的，个子不高，没有多少劲。背不动半麻袋粮食。

如果寿命跟遗传有关，在你死亡的年龄，我会做好该做的事。如果我活过了你的寿数，我就再无遗憾。我的儿女们，会有一个长寿的父亲。他们会比我活得更长久。有一个老父亲在前面引领，他们会活得自在从容。

现在，我在你没活过的年龄，给你说出这些。我说的时候，我能感觉到你在听。我也在听，父亲。

最后的铁匠

　　铁匠比那些城外的农民,更早地闻到麦香。在库车,麦芒初黄,铁匠们便打好一把把镰刀,等待赶集的农民来买。铁匠赶着季节做铁活,春耕前打犁铧、铲子、刨锄子和各种农机具零件。麦收前打镰刀。当农民们顶着烈日割麦时,铁匠已转手打制他们刨地挖渠的坎土曼了。

　　铁匠们知道,这些东西打早了没用,打晚了,就卖不出去,只有挂在墙上等待明年。

　　吐尔洪·吐迪是这个祖传十三代的铁匠家庭中最年轻的小铁匠。他十三岁跟父亲学打铁,今年二十四岁,成家一年多了,有个不到一岁的儿子。吐尔洪说,他的孩子长大后说啥也不让他打铁了,叫他好好上学,出来干别的去。吐尔洪说他当时就不愿学打铁,父亲却硬逼着他学。打铁太累人,又挣不上钱。他们家打了十几代铁了,还住在这些破烂房子里,他结婚时都没钱盖一间新房子。

吐尔洪的父亲吐迪·艾则孜也是十二三岁学打铁。他父亲是库车城里有名的铁匠，一年四季，来定做铁器的人络绎不绝。那时的家境比现在稍好一些，妇女们头戴面纱，在家做饭看管孩子，从不到铁匠炉前去干活。父亲的一把锤子养活一家人，日子还算过得去。吐迪也是不愿跟父亲学打铁，没干几天就跑掉了。他嫌打铁锤太重，累死累活挥半天才挣几块钱，他想出去做买卖。父亲给了他一点钱，他买了一车西瓜，卸在街边叫卖。结果，西瓜一半是生的，卖不出去。生意做赔了，才又垂头丧气回到父亲的打铁炉旁。

父亲说，我们就是干这个的，祖宗给我们选了打铁这一行都快一千年了，多少朝代灭掉了，我们虽没挣到多少钱，却也活得好好的。只要一代一代把手艺传下去，就会有一口饭吃。我们不干这个干啥去。

吐迪就这样硬着头皮干了下来，从父亲手里学会了打制各种农具。父亲去世后，他又把手艺传给四个弟弟和一个妹妹。他们又接着往下一辈传。如今在库车老城，他们家族共有十几个打铁的。吐迪的两个弟弟和一个侄子，跟他同在沙依巴克街边的一条小巷子里打铁，一人一个铁炉，紧挨着。吐迪和儿子吐尔洪的炉子在最里边，两个弟弟和侄子的炉子安在巷口，一天到晚炉火不断,铁锤叮叮当当。吐迪的妹妹在另一条街上开铁匠铺,是城里有名的女铁匠,善做一些小农具,活做得精巧细致。

吐迪说他儿子吐尔洪坎土曼打得可以,打镰刀还不行,欠点功夫。铁匠家有自己的规矩,每样铁活都必须学到师傅满意了,才可以另立铁炉去做活。不然学个半吊子手艺,打的镰刀割不下麦子,那会败坏家族的荣誉。吐迪是这个家族中最年长者,无论说话还是教儿子打镰刀,都一脸严肃。他今年五十六岁,看上去还很壮实。他正把自己的手艺一样一样地传给儿子吐尔洪·吐迪。从打最简单的蚂蟥钉,到打坎土曼、镰刀,但吐迪·艾则孜知道,有些很微妙的东西,是无法准确地传给下一代的。铁匠活就这样,锤打到最后越来越没力气。每一代间都在失传一些东西。比如手的感觉,一把镰刀打到什么程度刚好。尽管手把手地教,一双手终究无法把那种微妙的感觉传给另一双手。

还有,一把镰刀面对的广阔田野,各种各样的人。每一把镰刀都会不一样,因为每一只用镰刀的手不一样,每只手的习惯不一样。打镰刀的人,靠一双手,给千万只不一样的手打制如意家什。想到远近田野里埋头劳作的那些人,劲大的、劲小的,女人、男人、未成年的孩子……铁匠的每一把镰刀,都针对他想到的某一个人。从一块废铁烧红,落下第一锤,到打成成品,铁匠心中首先成形的是用这把镰刀的那个人。在飞溅的火星和叮叮当当的锤声里，那个人逐渐清晰，从远远的麦田中直起身，一步步走近。这时候铁匠手中的镰刀还是一弯扁铁，但已经有了雏形，像一个幼芽刚从土里长出来。铁匠知道它会长成怎样的一把大弯镰，铁匠的锤从那一刻起，变得干脆有力。

这片田野上，男人大多喜欢用大弯镰，一下搂一大片麦子，嚓的一声割倒。大开大合的干法。这种镰刀呈抛物线形，镰刀从把手伸出，朝后弯一定幅度，像铅球运动员向后倾身用力，然后朝前直伸而去，刀刃一直伸到用镰者性情与气力的极端处。每把大镰刀又都有微小的差异。也有怜惜气力的人，用一把半大镰刀，游刃有余。还有人喜欢蹲着干活，镰刀小巧，一下搂一小把麦子，几乎能数清自家地里长了多少棵麦子。还有那些妇女，用耳环一样弯弯的镰刀，搂过来的每株麦穗都不会散失。

打镰刀的人，要给每一只不同的手准备镰刀，还要想到左撇子、反手握镰的人。一把镰刀用五年就不行了，坎土曼用七八年。五年前在这买过镰刀的那些人，今年又该来了，还有那个短胳膊买买提，五年前定做过一只长把子镰刀，也该用坏了。也许就这一两天，他正筹备一把镰刀的钱呢。这两年棉花价不稳定，农民一年比一年穷。麦子一公斤才卖几毛钱。割麦子的镰刀自然卖不上好价。七八块钱出手，就算不错。已经好几年，一把镰刀卖不到十块钱。什么东西都不值钱，杏子一公斤四五毛钱。卖两筐杏子的钱,才够买一把镰刀。因为缺钱,一把该扔掉的破镰刀也许又留在手里,磨一磨再用一个夏季。

不论什么情况,打镰刀的人都会将这把镰刀打好,挂在墙上等着。不管这个人来与不来。铁匠活不会放坏。一把镰刀只适合某一个人,别人不会买它。打镰刀的人,每年都剩下几把镰刀,等不到买主。它们在铁匠铺黑黑的墙壁上,挂到明年,挂到后年,有的一挂多年。铁匠从不轻易把他打的镰刀毁掉重打,他相信走远的人还会回来。不管过去多少年,他曾经想到的那个人,终究会在茫茫田野中抬起头来,一步一步向这把镰刀走近。在铁匠家族近一千年的打铁历史中,还没有一把百年前的镰刀剩到今天。

只有一回,吐迪的太爷掌锤时,给一个左撇子打过一把歪把子大弯镰。那人交了两块钱定金,便一去不回。吐迪的太爷打好镰刀,等了一年又一年,等到太爷下世。吐迪的爷爷掌锤,他父亲跟着学徒时,终于等来一个左撇子,他一眼看上那把镰刀,二话没说就买走了。这把镰刀等了整整六十七年,用它的人终于又出现了。

在那六十七年里,铁匠每年都取下那把镰刀敲打几下。打铁的人认为,他们的敲打声能提醒远近村落里买镰刀的人。他们时常取下找不到买主的镰刀敲打几下,每次都能看出一把镰刀的欠缺处：这个地方少打了两锤，那个地方敲偏了。手工活就是这样，永远都不能说完成，打成了还可打得更精细。随着人的手艺进步和对使用者的认识理解不同，一把镰刀可以永远地敲打下去。那些锤点，落在多少年前的锤点上。叮叮当当的锤声，在一条窄窄的胡同里流传，后一声追赶着前一声。后一声仿佛前一声的回音。一声比一声遥远、空洞。仿佛每一锤都是多年前那一锤的回声，一声声地传回来，沿我们看不见的一条古老胡同。

吐迪·艾则孜打镰刀时眼皮低垂，眯成细细弯镰的眼睛里，只有一把逐渐成形的镰刀。儿子吐尔洪就没这么专注了，手里打着镰刀，心里不知道想着啥事情，眼睛东张西望。铁匠炉旁一天到晚围着人，有来买镰刀的，有闲着没事看打镰刀的。天冷了还是烤火的好地方，无家可归的人，冻极了挨近铁匠炉，手伸进炉火里燎两下，又赶紧塞回袖筒赶路去了。

麦收前常有来修镰刀的乡下人，一坐大半天。一把卖掉的镰刀，三五年后又回到铁匠炉前，用得豁豁牙牙，木把也松动了。铁匠举起镰刀，扫一眼就能认出这把是不是自己打的。旧镰刀扔进炉中，烧红、修刃、淬火，看上去又跟新的一样。修一把旧镰刀一两块钱，也有耍赖皮不给钱的，丢下一句好话就走了，三五年不见面，直到镰刀再次用坏。一把镰刀顶多修两次，铁匠就再不会修了。修好一把旧镰刀，就等于少卖一把新的。

吐迪家的每一把镰刀上，都留有自己的记痕。过去三十年五十年，甚至一二百年，他们都能认出自己家族打制的镰刀。那些记痕留在不易磨损的镰刀臂弯处，像两排月牙形的指甲印，千年以来他们就这样传递记忆。每一代的印记都有所不同，一样的月牙形指甲印，在家族的每一个铁匠手里排出不同的形式。没有具体的图谱记载每一代祖先打出的印记是怎样的形式。这种简单的变化，过去几代人数百年后，肯定会有一个后代打在镰刀弯臂上的印记与某个祖先的完全一致，冥冥中他们叠合在一起。那把千年前的镰刀，又神秘地、不被觉察地握在某个人手里。他用它割麦子、割草、芟树枝、削锨把儿和鞭杆……千百年来，就是这些永远不变的事情在磨损着一把又一把镰刀。

打镰刀的人把自己的年年月月打进黑铁里，铁块烧红、变冷，再烧红，锤子落下、挥起，再落下。这些看似简单、千年不变的手工活，也许一旦失传便永远地消失了，我们再不会找回它。那是一种生活方式。它不仅仅是架一个打铁炉，掌握火候，把一块铁打成镰刀这样简单的一件事。更重要的是打铁人长年累月、一代一代积累下来的那种心理，通过一把镰刀对世界人生的理解与认识，到头来真正失传的是这些东西。

吐尔洪·吐迪家的铁匠铺，还会一年一年敲打下去。打到他跟父亲一样的年岁还有几十年时间呢，到那时不知生活变成什么样子。他是否会像父亲一样,虽然自己当初不愿学打铁,却又硬逼着儿子去学这门累人的笨重手艺。在这段漫长的铁匠生涯中,一个人的想法或许会渐渐地变得跟祖先一样古老。不管过去多少年,社会怎样变革,我们总会在一生的某个时期,跟远在时光那头的祖先们,想到一起。

吐尔洪会从父亲吐迪那里,学会打铁的所有手艺,他是否再往下传,就是他自己的事了。那片田野还会一年一年地生长麦子,每家每户的一小畦麦地,还要用镰刀去收割。那些从铁匠铺里,一锤一锤敲打出来的镰刀,就像一弯过时的月亮,暗淡、古老、陈旧,却永不会沉落。

远离村人

他们都回去了。我一个人留在野地上,看守麦垛。得有一个月时间,他们才能忙完村里的活,腾出手回来打麦子。野地离村子有大半天的路,也就是说,一个人不能在一天内往返一次野地。这是大概两天的路程,你硬要一天走完,说不定你走到什么地方,天突然黑了,剩下的路可就不好走了。谁都不想走到最后,剩下一截子黑路。是不是。

紧张的麦收结束了。同样的劳动,又在其他什么地方开始,这我能想得出。我知道村庄周围有几块地。他们给我留下够吃一个月的面和米,留下不够炒两顿菜的小半瓶清油。给我安排活的人,临走时又追加了一句:别老闲着望天,看有没有剩下的活,主动干干。第二天,我在麦茬地走了一圈,发现好多活没有干完,麦子没割完,麦捆没有拉完。可是麦收结束了,人都回去了。在麦地南边,扔着一大捆麦子。显然是拉麦捆的人故意漏装的。地西头则整齐地长着半垄麦子。即使割完的麦垄,也在最后剩下那么一两镰,不好看地长在那里。似乎人干到最后已没有一丝耐心和力气。

我能想到这个剩下半垄麦子的人,肯定是最后一个离开地头。在那个下午的斜阳里,没割倒的半垄麦子,一直望着扔下它们的那个人,走到麦地另一头,走进或蹲或站的一堆人里,再也认不出来。

麦地太大。从一头几乎望不到另一头。割麦的人一人把一垄,不抬头地往前赶,一直割到天色渐晚,割到四周没有了镰声,抬起头,发现其他人早割完回去了,剩下他孤零零的一垄。他有点急了,弯下腰猛割几镰,又茫然地停住。地里没一个人。干没干完都没人管了。没人知道他没干完,也没人知道他干完了。验收这件事的人回去了。他一下泄了气,瘫坐在麦茬上,愣了会儿神:不干了。

我或许能查出这个活没干完的人。

我已经知道他是谁。但我不能把他喊回来,把剩下的麦子割完。这件事已经结束,更紧迫的劳动在别处开始。剩下的事情不再重要。

以后几天,我干着许多人干剩下的事情,一个人在空荡荡的麦地里转来转去。我想许多轰轰烈烈的大事之后,都会有一个收尾的人，他远远地跟在人们后头，干着他们自以为干完的事情。许多事情都一样，开始干的人很多，到了最后，便成了某一个人的。

我每天的事：早晨起来望一眼麦垛。总共五大垛，一溜排开。整个白天可以不管它们。到了下午，天黑之前，再朝四野里望一望，看有无可疑的东西朝这边移动。

这片荒野隐藏着许多东西。一个人，五垛麦子，也是其中的隐匿者，谁也不愿让谁发现。即使是树，也都蹲着长，躯干一屈再屈，枝丫伏着地伸展。

我从没在荒野上看见一棵像杨树一样高扬着头，招摇而长的植物。有一种东西压着万物的头，也压抑着我。有几个下午我注意到西边的荒野中有一个黑影在不断地变大。我看不清那是什么，它孤孤地蹲在那里，让我几个晚上没睡好觉。若有个东西在你身旁越变越小最后消失了，你或许一点不会在意。有个东西在你身边突然大起来，变得巨大无比，你便会感到惊慌和恐惧。

早晨天刚亮我爬起来，看见那个黑影又长大了一些。再看麦垛，似乎一夜间矮了许多。我有点担心，扛着锨小心翼翼地走过去，穿过麦地走了一阵，才看清楚，是一棵树。一棵枯死的老胡杨树突然长出许多枝条和叶子。我围着树转了一圈。许多叶子是昨晚上才长出来的，我能感觉到它的枝枝叶叶还在长，而且会长得更加蓬蓬勃勃。我想这棵老树在熬过了一个干旱夏天后，它的某一条根，突然扎到了土地深处的一个旺水层。我想一定是这样的。

能让一棵树长得粗壮兴旺的地方，也一定会让一个人活得像模像样。往回走时，我暗暗记住了这个地方。那时，我刚刚开始模糊地意识到，我已经放任自己像植物一样去随意生长。我的胳膊太细，腿也不粗，胆子也不大，需要长的东西很多。多少年来我似乎忘记了生长。

随着剩下的事情一点一点地干完，莫名的空虚感开始笼罩草棚。活干完了，镰刀和铁锨扔到一边。孤单成了一件事情。寂寞和恐惧成了一件大事情。

我第一次感到自己是一个，而它们——成群地、连片地、成堆地对着我。我的群落在几十里外的黄沙梁村里。此时此刻，我的村民帮不了我，朋友和亲人帮不了我。

我的寂寞和恐惧是从村里带来的。

每个人最后都是独自面对剩下的寂寞和恐惧，无论在人群中还是在荒野上。那是他一个人的。

就像一粒虫、一棵草，在它浩荡的群落中孤单地面对自己的那份欢乐和痛苦。其他的虫、草不知道。

一棵树枯死了，提前进入了比生更漫长的无花无叶的枯木期。其他的树还活着,枝繁叶茂。阳光照在绿叶上,也照在一棵枯树上。我们看不见一棵枯树在阳光中生长着什么,它埋在地深处的根在向什么地方延伸。死亡以后的事情,我们不知道。

一个人死了,我们把它搁过去——埋掉。

我们在坟墓旁边往下活。活着活着,就会觉得不对劲:这条路是谁留下的。那件事谁做过了。这句话谁说过。那个女人谁爱过。

我在村人中生活了几十年,什么事都经过了,再待下去,也不会有啥新鲜事。剩下的几十年,我想在花草中度过,在虫鸟水土中度过。我不知道这样行不行,或许村里人会把我喊回去,让我娶个女人生养孩子。让我翻地,种下一年的麦子。他们不会让我闲下来,他们必做的事情,也必然是我的事情。他们不会知道,在我心中,这些事情早就结束了。

如果我还有什么剩下要做的事情,那就是一棵草的事情,一粒虫的事情,一片云的事情。我在野地上还有十几天时间,也可能更长。我正好远离村人,做点自己的事情。

父亲

我们家搬进这个院子的第二年,家里的重活开始逐渐落到我们兄弟几个身上,父亲过早地显出了老相,背稍重点的东西便显得很吃力,嘴里不时嘟囔一句:我都五十岁的人了,还出这么大力气。他觉得自己早该闲坐到墙根晒太阳了。

母亲却认为他是装的。他看上去那么高大壮实,一只胳膊上的劲,比我们浑身的劲都大得多。一次他发脾气,一只手一拨,老三就飞出去三米远。我见他发过两次火,都是对着老三、老四。我和大哥不怎么怕他,时常不听他的话。我们有自己的想法。我们一到这个家,他便把一切权力交给了母亲。家里买什么不买什么,都是母亲说了算。他看上去只是个干活的人,和我们一起起早贪黑。每天下地都是他赶车,坐在辕木上,很少挥鞭子。他嫌我们赶不好,只会用鞭子打牛,跑起来平路颠路不分。他试着让我赶过几次车。往前走叫"呔尿",往左拐叫"嗷",往右叫"外",往后退叫"缩"。我一慌忙就叫反。一次左边有个土圪垯,应该喊"外"让牛向右拐绕过去,我却喊成"嗷"。牛愣了一下,突然停住,扭头看着我,我一下不好意思,"外、外"了好几声。

我一个人赶车时就没这么紧张。其实根本用不着多操心,牛会自己往好路上走,遇到坑坎它会自己躲过。它知道车辁辘碰到圪垯陷进坑都是自己多费劲。我们在黄沙梁使唤老了三头牛。第一头是黑母牛,我们到这个家时它已不小岁数了,走路肉肉的,没一点脾气。父亲说它八岁了。八岁,跟我同岁,还是孩子呢。四弟说。可牛只有十几岁的寿数,活到这个年龄就得考虑卖还是宰。

黑母牛给我印象最深的是那副木讷神情。鞭子抽在身上也没反应。抽急了猛走几步,鞭子一停便慢下来,缓缓悠悠地挪着步子。父亲已经适应了这个慢劲。我们不行,老想快点走到地方,担心去晚了柴被人砍光草被人割光。一见飞奔的马车牛车擦身而过,便禁不住抡起鞭子,"呔尿、呔尿"叫喊一阵。可是没用。鞭抽在它身上就像抽在地上一样,只腾起一股白土。黑母牛身上纵纵横横爬满了鞭痕。我们打它时一点都不心疼。似乎我们觉得,它已经不知道疼,再多抽几鞭就像往柴垛上多撂几根柴一样无所谓了。它干得最重的活就是拉柴火,来回几十公里。遇到上坡和难走的路，我们也会帮着拉，肩上套根绳子，身体前倾着，那时牛会格外用力，我们和牛，就像一对兄弟。实在拉不动时，牛便伸长脖子，晃着头，哞哞地叫几声，那神情就像父亲背一麻袋重东西，边喘着气边埋怨：我都五十岁的人了，还出这么大力气。

一年后，我才能勉强地叫出父亲。父亲一生气就嘟囔个不停。我们经常惹他生气。他说东，我们朝西。

有一段时间我们故意和他对着干，他生了气跟母亲嘟囔，母亲因此也生气。在这个院子里我们有过一段很不愉快的日子。后来我们渐渐长大懂事，父亲也渐渐地老了。我一直觉得我不太了解父亲，对这个和我们生活在一起叫他父亲的男人有种难言的陌生。他会说书、讲故事，在那些冬天的长夜里，母亲在油灯旁纳鞋底，我们围坐在昏暗处，听父亲说着那些陌生的故事，感觉很远处的天，一片一片地亮了。我不知道父亲在这个家里过得快乐不快乐，幸福不幸福，他把我们一家人接进这个院子后悔吗？现在他和母亲还有我最小的妹妹妹夫一起住在沙湾县城。早几年他喜欢抽烟，吃晚饭时喝两盅酒。他从不多喝，再热闹的酒桌上也是喝两盅便早早离开。我去看他时，常带点烟和酒。他打开烟盒，自己叼一根，又递给我一根——许多年前他第一次递给我烟时也是这个动作，手臂半屈着，伸一下又缩一下，脸上堆着不自然的笑，我不知所措。现在他已经戒烟，酒也喝得更少了。我不知道该给他带去些什么。每次回去我都在他身边，默默地坐一会儿。依旧没什么要说的话。他偶尔问一句我的生活工作，就像许多年前我拉柴回到家，他问一句"牛拴好了吗"，我答一句。又是长时间的沉默。

木匠

　　赵木匠家弟兄五个，以前都是木匠，现在剩下他一个干木匠活。菜籽沟村的老木匠活只剩下一件：做棺材。这个活一个木匠就够做了，做多少都有数，只少不多。村里七十岁以上的，一人一个，六十岁以上的也一人一个，算好的。也有人一直活到八九十岁，木匠先走了，干不上他的活，这个不知道赵木匠想过没有。也有人被儿女接到城里住，但人没了都会接回来。

　　赵木匠的工棚里，堆了够做几十个寿房的厚松木板，一个寿房五块板，所谓三长两短。我在里面看了好一阵，想选几块做书院的板桌，又觉得不合适，那些板子在赵木匠心里早有了下家，哪五块给哪个人，都定了。做一个寿房多少钱，也都定了，不会有多大出入的。

　　村里的老人或许不知道赵木匠心里定的事。有时哪家儿子看着老父亲气不够可能活不过冬天，就早早地给赵木匠搁下些定金，让把寿房的料备好，到时候很快能装出来。更多时候是赵木匠自己做主，把他想到的那些老人的寿房都定制了。早晚都是他的活，人家不急他急，他得趁自己有气力时把活先做了，万一几个人凑一起走了，他又没个打下手的，那就麻烦了。

赵木匠心里定了的事，旁人不知道，鬼会知道。鬼半夜里忙活着抬板子，三长两短盖房子，给每人盖一间，盖到天亮前拆了板子抬回原处。我不能买老木匠和鬼都动过心思的板子，看几眼，倒退着出来，临出门弯个腰，算请罪了。

我们的大书架和板桌、木桥，原打算请赵木匠做的，问了下工钱，也不贵，但最后请了英格堡乡打工的外地木匠。也是想着赵木匠二十年来只做寿房，他把菜籽沟的门窗、立柜、橱柜、八仙桌还有木车都做完了，一个老木匠时代的活，都叫他干完，我不忍再往他手里递活。另一个我就是考虑他脑子里下料、掏铆、刨可能都想的是打寿房的事，我不能让他把这个活干成那个活。

赵木匠到我们书院串过几次门，他跟我们说着话，眼睛盯着院子里成堆的木头木板，他一定看出这摊木活的工程量。他没问我们要干啥。我也没给他说我们要干啥。赵木匠耳朵背，我怕跟他说不清，我说这个，他听成那个，所以啥都不说。赵木匠是个明白人，他心里一定也清楚，一个木匠一旦干了那个活，也就不合适干别的活了。

对木匠来说，干到可以干那个活，就简单了，所有以前学的花样都不用了，心里只有三长两短的尺寸和选板的厚道。赵木匠是厚道人，我看他备的松木板，一大拃厚，看了踏实。

我们来菜籽沟的头一年，村里走了三个人，外面来的小车一下子摆满村道，仿佛走掉的人都回来了。

冬天的时候我不在村里，方如泉说菜籽沟办了两个葬礼和十几家婚礼，礼钱送了好几千。我交代过，只要村里有宴席，不管婚丧嫁娶，知道了就去随个份子。村委会姚书记说他一年下来随礼要上万，哪家有事情都请他，他都得去。姚书记一点不心疼随了这么多礼。他的儿子这两年就结婚，送出去再多，一把子全捞回来。

村里出去的孩子，在城里安了家，结婚也都回村里操办，老人在村里，养肥的羊、喂胖的猪在村里，会做流水席的大厨子在村里。再有，家人大半辈子里给人家随的礼账也在村里，要不回村里操办酒席，送出去的礼就永远收不回来了。也是我们到菜籽沟的这一年，英格堡乡出生了两个孩子。我听到这个数字心里一片荒凉，几千人的乡，一年才生了两个孩子，明年也许是一个，后年也许一个孩子都不出生，到那时候，整个英格堡、菜籽沟，只有去的，没有来的。

后父的老

我很小的时候,奶奶就已经老了,我们一家养着奶奶的老,给她送终。奶奶去世后,轮到母亲老了,但她不敢老,她要拉扯一堆未成年的孩子。

现在我五十多岁,先父、后父都已经不在,剩下母亲,她老成奶奶的样子了,我们养她的老,也在随着母亲一起老。因为有她在,我不敢也没有资格说自己老。老是长辈享有的,我年纪再大,也是儿子。真正到了前面光秃秃的没了父母,我成了后一辈人的挡风墙,那时候,就可以心安理得地老了。但老终究是不容易的一件事情。

记得有一年,我陪母亲回甘肃酒泉老家,在村里看望一个叔叔,院门锁着,家里人下地干活去了。等到大中午,看见两个老人扛农具走来,远看着一样老,都白了头,一脸皱纹。走近了,经介绍才知道,是叔叔和他的父亲,一个六十多岁,一个八十多岁，活成一对老兄弟，还在一起干农活。

我父亲没有和我一起活老。

我八岁时父亲去世，感觉自己突然成了大人。十三岁时，母亲再嫁，我们有了后父，觉得自己又成了孩子。后父的父母走得早，他的前面光秃秃的，就他一个人，后面也光秃秃的，无儿无女。我们成了他的养儿女，他成了我们的养父。

我十八岁时，有一天，后父把我和大哥叫在一起，郑重地给我们交代一件事。后父说，我已经五十岁的人了，你们两个儿子，该操心给我备一个老房（棺材）了。这个事都是当儿子要做的。说后面的张家，儿子早几年就给父亲备好了老房。备老房的事，在村里很常见，到一户人家院子，会常看见一口棺材摆在草棚下，没上漆，木头的色，知道是给家里老人备的，或是家里老人让儿子给自己备的。

棺材有时装粮食、饲料，或盛放种子，顶板一盖，老鼠进不去。我们小时候玩捉迷藏，也会藏进老房里，头顶的板一盖，就仿佛到了另一个世界，外面的声音瞬间远了，待到听不见一丝声响时，恐惧便来了，赶紧顶开盖板爬出来。家里的老人也会躺进去，试试宽窄长短，也会睡一觉醒来。

其实这些老人都不老，五六十岁、六七十岁的样子，因为送走了前面的老人，自己跟着老上了。老有老样子，留胡须，背手，吃饭坐上席，大声说话。

一般来说，男人五六十岁便可装老了，那时候儿女也二三十岁，能在家里挑大梁，干重活。装老的目的，一是在家里在村里塑造尊严，让人敬；二是躲清闲，有些重活累活，动动嘴使唤儿女干就可以了。

也是我十八岁那年，后父开始装老，突然腰也疼了，腿也困了，有时候抽烟呛着，故意多咳嗽两声。去年秋天还能背动的一麻袋麦子，今年突然就不背了，让我和大哥背。其实我们两个的劲加起来，也没他大。我后父打定主意，要盘腿坐在炕上，享一个老人的福了。可就在这个节骨眼上，我大哥外出开拖拉机，我外出上学，留在家里的三弟四弟都没成人，指望不上，后父只好忘掉自己已经五十岁的年龄，重活累活都又亲手干了。

后父盼咐我们备的老房，也因为种种原因，一直没有做。其间我们搬了三次家，第一次，从沙漠边的黄沙梁村搬到天山半坡上的元兴宫村，过了些年又搬到县城边的城郊村，后来又搬进县城住了楼房。

想想也幸亏没给后父备老房，若备了，会一次次地带着它搬家，但终究没有一个安放它的地方。后父活到八十四岁，走了。距他给我和大哥交代备老房那年，已经过去三十四年。

后父去世时我在乌鲁木齐，晚上十二点，家人打来电话，说后父走了。我们赶紧驱车往回赶,那晚漫天大雪,路上少有车辆,天地之间,雪花飘满。

回到沙湾已是后半夜,后父的遗体被安置在殡仪馆,他老人家躺在新买来的棺材里,面容祥和,嘴角略带微笑,像是笑着离开的。听母亲说,半下午的时候,后父把自己的衣物全收拾起来,打了包,说要走了。母亲问,你走哪去,活糊涂了。

后父说要回家,马车都来了,接他的人在路上喊呢。

后父在生产队时赶过马车。在临终前的时光里,他看见来接他的马车,要把他接回到村里。可是,我们没有让一辆马车把他接回村里。我们把他葬在了县城边的公墓。但我知道,他的魂,一定被那辆马车接走,回到了故乡。

我们在县城的殡仪馆为他操持的这一场葬礼,已经跟他没有关系。公墓里那个写有他名字和生卒日期的墓碑跟他没有关系。在离县城七十公里的老沙湾黄沙梁村,他家荒寂多年的祖坟上,他几十年前送走的老母亲的坟墓旁,一定有了一串轻微的脚步声,一个儿子回到了那里。

一个人的名字

　　人的名字是一块生铁,别人叫一声,就会擦亮一次。一个名字若两三天没人叫,名字上会落一层土。若两三年没人叫,这个名字就算被埋掉了,上面的土有一铁锨厚。这样的名字已经很难被叫出来,名字和属于他的人有了距离。名字早寂寞地睡着了,或朽掉了。名字下的人还在瞎忙碌,早出晚归,做着莫名的事。

　　冯三的名字被人忘记五十年了。人们扔下他的真名不叫,都叫他冯三。冯三一出世,父亲冯七就给他起了大名:冯得财。等冯三长到十五岁,父亲冯七把村里的亲朋好友召集来,摆了两桌酒席。冯七说,我的儿子已经长成大人,我给起了大名,求你们别再叫他的小名了。我知道我起多大的名字也没用,只要你们不叫,他就永远没有大名。当初我父亲冯五给我起的名字多好:冯富贵。可是,你们硬是一声不叫。我现在都六十岁了,还被你们叫小名。

我这辈子就不指望听到别人叫一声我的大名了。我的两个大儿子，你们叫他们冯大、冯二，叫就叫去吧，我知道你们改不了口了。可是我的三儿子，就求你们饶了他吧。你们这些当爷爷奶奶、叔叔大妈、哥哥姐姐的，只要稍稍改个口，我的三儿子就能大大方方做人了。

可是，没有一个人改口，都说叫习惯了，改不了了。或者当着冯七的面满口答应，背后还是冯三冯三地叫个不停。冯三一直在心中默念着自己的大名。他像珍藏一件宝贝一样珍藏着这个名字。

自从父亲冯七摆了酒席后，冯三坚决再不认这个小名，别人叫冯三他硬不答应。"冯三"两个字飘进耳朵时，他的大名会一蹦子跳起来，把它打出去。后来"冯三"接连不断灌进耳朵，他从村子一头走到另一头，见了人就张着嘴笑，希望能听见一个人叫他冯得财。可是，没有一个人叫他冯得财。"冯三"就这样蛮横地踩在他的大名上面，堂而皇之地成了他的名字。已经五十年了，冯三仍觉得别人叫他的名字不是自己的。

夜深人静时，冯三会悄悄地望一眼像几根枯柴一样朽掉的那三个字。有时四下无人，冯三会突然张口，叫出自己的大名。很久，没有人答应。

冯得财就像早已陌生的一个人，五十年前就已离开村子，越走越远,跟他,跟这个村庄,都彻底没关系了。

为啥村里人都不叫你的大名冯得财,一句都不叫。王五爷说,因为一个村庄的财是有限的,你得多了别人就少得,你全得了别人就没了。当年你爷爷给你父亲起名冯富贵时,我们就知道,你们冯家太想出人头地了。谁不想富贵呀。可是村子就这么大,财富就这么多,你们家富贵了别人家就得贫穷。所以我们谁也不叫他的大名,一口"冯七"把他叫到老。可他还不甘心,又希望你长大得财。你想想,我们能叫你得财吗?你看刘榆木,谁叫过他的小名。他的名字不惹人。一个榆木疙瘩,谁都不眼馋。还有王木叉,为啥人家不叫王铁叉,木叉柔和,不伤人。

虚土庄没有几个人有正经名字,像冯七、王五、刘二这些有头面的人物,也都一个姓,加上兄弟排行数,胡乱地活了一辈子。他们的大名只记在两个地方:户口簿和墓碑上。

你若按着户口簿点名,念完了也没有一个人答应,好像名字下的人全死了。你若到村边的墓地走一圈,墓碑上的名字你也不认识一个。似乎死亡是别人的,跟这个村庄没一点关系。

其实呢,你的名字已经包含了生和死。你一出生,父母请先生给你起名,先生大都上了年纪,有时是王五、刘二,也可能是路过村子的一个外人。他看了你的生辰八字,捻须沉思一阵,在纸上写下两个或三个字,说,记住,这是你的名字,别人喊这个名字你就答应。可是没人喊这个名字。你等了十年、五十年。你答应了另外一个名字。起名字的人还说,如果你忘了自己的名字,一直往前走,路尽头一堵墙上,写着你的名字。不过,走到那里已到了另外一个村子。

被我们埋没的名字,已经叫不出来的名字,全在那里彼此呼唤,相互擦亮。而活在村里的人互叫着小名,莫名其妙地为一个小名活着一辈子。

空气中多了一个人的呼吸

那一年,一个叫唐八的人出世,天空落了一夜土,许多东西变得重起来:房顶、绳子、牛车、灯。我早醒了一阵,天还没亮。父亲说,好睡眠是一根长绳子,能把黑夜完全捆住。

那个晚上我的睡眠又短了一截子。我又一次看见天是怎么亮的。我睁大眼睛,一场黑风从眼前慢慢刮过去,接着一场白风徐徐吹来。

让人睡着和醒来的,是两种不同颜色的风。我回想起谁说过的这句话。这个村子的每个角落里都藏着一句话,每当我感受到一种东西,很快,空气中便会冒出一句话,把我的感受全说出来。这时空气微微波动了一下,极轻微的一下。不像是鸟扇了扇翅膀,房边渠沟里一个水泡破了,有人梦中长叹一口气。

我感到空气中突然多了一个人的呼吸。因为多了一个人,这片天地间的空气重新分配了一次。如果在梦中,我不会觉察到这些。我的睡眠稍长一点,我便错过了一个人的出世。梦见的人不呼吸我们的空气。我听见谁说过这句话,也是天快亮的时候,我从梦中醒来,一句话在枕旁等着我。

我静静躺着,天空在落土。我想听见另一句。许多东西变得重起来。我躺了一大阵子,公鸡叫了,驴叫了,狗叫了。我感觉到的一个人的出生始终没被说出来。

可能出生一个人这样平常的小事,从来没必要花费一句话去说。鸡叫一声就够了。驴叫一声,狗再叫一声,就够够的了。可是那一天,村里像过年一样迎接了一个人的出生。一大早鞭炮从村南头一直响到村北头。我出门撒尿,看见两个人在路旁拉鞭炮,从村南开始,一棵树一棵树地用鞭炮连起来,像一根红绳子穿过村子,拉到村北头了还余出一截子。接连不断的鞭炮声把狗吓得不敢出窝,树震得簌簌直落叶子。

唐家生了七个女儿,终于等来了一个儿子。吃早饭时母亲说,今天别跑远了,有好吃的。多少年来这个村庄从没这样隆重地接迎过一个人。唐家光羊宰了八只,院子里支了八只大锅,中午全村人被请去吃喝。每人带着自家的碗和筷子,房子里坐不下,站在院子里,院子挤不下的站在路上、蹲在墙头上。狗在人中间窜来窜去,抢食人啃剩的骨头。鸡围着人脚转,等候人嘴里漏下的菜渣饭粒。

那顿饭一直吃到天黑，看不见锅、看不见碗了人才渐渐散去。

又过多少年（十三年或许八年，我记不清楚），也是在夜里，天快亮时，这个人悄然死去。空气依旧微微波动了一下，我没有醒来。我在梦中进沙漠拉柴火，白雪覆盖的沙丘清清楚楚，我能看见很远处隔着无数个沙丘之外的一片片柴火，看清那些梭梭的铁青枝干和叶子，我的牛车一瞬间到了那里。

那时我已经知道梦中的活不磨损农具，梦中丢掉的东西天亮前全都完好无损回到家里，梦中的牛也不耗费力气。我一车一车往家里拉柴火，梦中我知道沙漠里的柴火不多了，有柴火的地方越来越远，要翻过无数个沙包。我醒来的一刻感到吸进嘴里的气多了一些，天开始变亮，我长大了，需要更多一点的空气，更稠一些的阳光，谁把它们及时地给予了我。我知道在我的梦中一个人已经停止呼吸，这片天地间的空气又重新分配了一次。

我静静躺着，村子也静静的。我想再等一阵，就能听见哭喊声，那是多少年前那一场热闹喜庆的回声，它早早地转返回来，就像是刚刚过去的事，人们都还没离开。

在这地方，人咳嗽一声、牛哞一声、狗吠虫鸣，都能听见来自远方的清晰回声。每个人、每件事物，都会看见自己的影子在阳光下缓缓伸长，伸到看不见的遥远处，再慢慢返回到自己脚跟。

可是那个早晨,我没等到该有的那一片哭声。我出去放牛又回来,村子里依旧像往常一样安静。

天快黑时母亲告诉我,唐家的傻儿子昨晚上死了,唐家人也没吭声,悄悄拉出去埋了。

卷三 | 一直睡到
春暖草绿

树会记住许多事

　　如果我们忘了在这地方生活了多少年，只要锯开一棵树，院墙角上或房后面哪几棵都行，数数上面的圈就大致清楚了。

　　树会记住许多事。

　　其他东西也记事，却不可靠。譬如路，会丢掉人的脚印，会分岔，把人引向歧途。人本身又会遗忘许多人和事。当人真的遗忘了那些人和事，人能去问谁呢？

　　问风。

　　风从不记得那年秋天顺风走远的那个人。也不会在意它刮到天上飘远的一块红头巾，最后落到哪里。风在哪停住哪就会落下一堆东西。我们丢掉找不见的东西，大都让风挪移了位置。有些多年后被另一场相反的风刮回来，面目全非躺在墙根，像做了一场梦。有些在昏天暗地的大风中飘过村子，越走越远，再也回不到村里。

树从不胡乱走动。几十年、上百年前的那棵榆树，还在老地方站着。我们走了又回来。担心墙会倒塌、房顶被风掀翻卷走、人和牲畜四散迷失，我们把家安在大树底下，房前屋后栽许多树让它快快长大。

　　树是一场朝天刮的风。刮得慢极了。能看见那些枝叶挨挨挤挤向天上涌，都踏出了路，走出了各种声音。在人的一辈子里，能看见一场风刮到头，停住。像一辆奔跑的马车，甩掉轮子，车体散架，货物坠落一地，最后马扑倒在尘土里，伸长脖子喘几口粗气，然后死去。谁也看不见马车夫在哪里。

　　风刮到头是一场风的空。

　　树在天地间丢了东西。

　　哥，你到地下去找，我向天上找。

　　树的根和干朝相反方向走了，它们分手的地方坐着我们一家人。父亲背靠树干，母亲坐在小板凳上，儿女们蹲在地上或木头上。刚吃过饭。还要喝一碗水。水喝完还要再坐一阵。院门半开着，看见路上过来过去几个人、几头牛。也不知树根在地下找到什么。我们天天往树上看，似乎看见那些忙碌的枝枝叶叶没找见什么。

　　找到了它就会喊，把走远的树根喊回来。

　　父亲，你到土里去找，我们在地上找。我们家要是一棵树，先父下葬时我就可以说这句话了。我们也会像一棵树一样，伸出所有的枝枝叶叶去找，伸到空中一把一把抓那些多得没人要的阳光和雨，捉那些闲得打盹的云，还有鸟叫和虫鸣，抓回来再一把一把扔掉。不是我要找的，不是的。我们找到天空就喊你，父亲。找到一滴水一束阳光就叫你，父亲。我们要找什么。

多少年之后我才知道，我们真正要找的，再也找不回来的，是此时此刻的全部生活。它消失了，又正在被遗忘。

那根躺在墙根的干木头是否已将它昔年的繁枝茂叶全部遗忘。我走了，我会记起一生中更加细微的生活情景，我会找到早年落到地上没看见的一根针，记起早年贪玩没留意的半句话、一个眼神。当我回过头去，我对生存便有了更加细微的热爱与耐心。

如果我忘了些什么，匆忙中疏忽了曾经落在头顶的一滴雨、掠过耳畔的一缕风，院子里那棵老榆树就会提醒我。有一棵大榆树靠在背上（就像父亲那时靠着它一样），天地间还有哪些事情想不清楚呢。

我八岁那年，母亲随手挂在树枝上的一个筐，已经随树长得够不着。我十一岁那年秋天，父亲从地里捡回一捆麦子，放在地上怕鸡叼吃，就顺手夹在树杈上，这个树杈也已将那捆麦子举过房顶，举到了半空中。这期间我们似乎远离了生活，再没顾上拿下那个筐，取下那捆麦子。它一年一年缓缓升向天空的时候我们似乎从没看见。

现在那捆原本金黄的麦子已经发灰，麦穗早被鸟啄空。那个筐里或许盛着半筐干红辣皮、几个苞谷棒子，筐沿满是斑白鸟粪，估计里面早已空空的了。

我们竟然有过这样富裕漫长的年月，让一棵树举着沉甸甸的一捆麦子和半筐干红辣皮，一直举过房顶，举到半空喂鸟吃。

"我们早就富裕得把好东西往天上扔了。"

许多年后的一个早春。午后，树还没长出叶子。我们一家人坐在树下喝苞谷糊糊。白面在一个月前就吃完了。苞谷面也余下不多，下午饭只能喝点糊糊。喝完了碗还端着，要愣愣地坐好一会儿，似乎饭没吃完，还应该再吃点什么，却什么都没有了。一家人像在想着什么，又像啥都不想，脑子空空地呆坐着。

大哥仰着头，说了一句话。

我们全仰起头，这才看见夹在树杈上的一捆麦子和挂在树枝上的那个筐。如果树也忘了那些事，它早早地变成了一根干木头。

"回来吧，别找了，啥都没有。"

树根在地下喊那些枝和叶子。它们听见了，就往回走。先是叶子，一年一年地往回赶，叶子全走光了，枝杈便枯站在那里，像一截没人走的路。枝杈也站不了多久。人不会让一棵死树长时间站在那里。它早站累了，把它放倒，可它已经躺不平，身躯弯扭得只适合立在空气中。我们怕它滚动，一头垫半截土块，中间也用土块掩住。等过段时间，消闲了再把树根挖出来，和躯干放在一起，如果它们有话要说，日子长着呢。一根木头随便往哪一扔就是几十年光景。这期间我们会看见木头张开许多口子，离近了能听见木头开口的声音。木头开一次口，说一句话。等到全身开满口子，木头就没话可说了。我们过去踢一脚，敲两下，声音空空的。根也好，干也罢，里面都没啥东西了。即便无话可说，也得面对面待着。一个榆木疙瘩，一截歪扭树干，除非修整院子时会动一动。也许还会绕过去。谁会管它呢？在它身下是厚厚的这个秋天、很多个秋天的叶子。在它旁边是我们一家人、牲畜。或许已经是另一户人。

月亮在叫

　　那一夜刮风,我听见三层声音,上层是乌云的,它们在漆黑的夜空翻滚、碰撞、磨蹭、挨挨挤挤,向往更黑暗的年月里迁徙搬运。中层是大风翻过山脊的声音,草、麦子、野蔷薇和树梢被风撕扯,全是揪心的离散之声。我在树梢下的屋子里,听见从半空刮走的一场大风,地上唯一的声音是黑狗月亮的吠叫,它在大杨树下叫,对着疯狂摇动的树梢叫,对着翻滚的乌云叫。紧接着,我听见它爬上屋后被风刮响的山坡,它的叫声加入山顶的风声中,在更高的云层中也一定有它的叫声。它在那里撕心裂肺地叫。我不知道它遇见了什么。对一条狗来说,这样的夜晚注定不得安宁,从天上到地下,所有的一切都在发出响动,都在丢失。它在疯狂跑动的风中奔跑狂叫,像是要把所有离散的声音叫回来。

　　另一夜我被它的狂吠叫起来,循声爬上山坡。我猫着腰,双手扒地，在它走过的草丛中潜行，它在自己的吠叫声里，不会听见背后有一个人过来，我在离它不远的草丛停住，看见它伸长脖子，对着天上的月亮汪汪吠叫，我像它一样伸长脖子，嘴大张，却没有一丝声音。满山坡的白草，被月光照亮。树睡在自己的影子里，朝向月亮的叶子发着忘记生长的光。我仰起的额头一定也被月光照亮，连最深的皱纹里都是盈盈月光。

这时我听见远处的狗吠，先是山坡那边泉子村的，一只嗓门宽大的狗在叫，像哐哐的拍门声，每一句汪汪声都在拍开一面漆黑的大门。紧接着村子北面的几条狗也吠起声，南边大板沟的狗吠也隔着山梁传过来。

此刻我们家的牧羊犬月亮，正昂首站在坡顶明亮的月光里，站在四周汪汪的狗吠中心。我站在它身后，一声不吭。

我们不在院子的多少个黄昏和夜晚，它独自爬上山坡，用一只母狗的汪汪吠叫，唤起远近村庄的连片狗吠。然后，它循着一个声音跑去，每跑过一片坡地麦田，每爬上一座荒草山顶，都停下来，回头看身后的院子，侧耳听后面的动静，它对这个大院子不放心，使它一夜夜地不曾跑远，那些夜晚的风声带着满院子树叶屋檐的响声，把它唤回来。它回到自己的院子里吠叫，把远近村庄的狗，叫到书院四周，它们进不了院子，不知道院墙上它独自进出的狗洞。

那样的夜晚，院子没有人，月亮的叫声悠远孤高，它不是叫给我们听，它知道自己的主人在听不见狗吠的远处，它在院子里闻不到主人的气味，从远处刮来的风中也没有主人的气息，整个院子是它的，悄然矗立的房子是它的，寂静移动的光阴是它的。

又一个夜晚，我听见它吠叫着往山坡上跑，一声紧接一声的狗吠在爬坡，待它上到坡顶，吠叫已经悬在我的头顶，我仰躺在床上，听见它的叫声在半空里，如果星星上住着人，也会被它叫醒。

接着我听见它的叫声跑下山那边的大坡，那个坡似乎深不见底，它的声音正掉下去。其实那边是泉子沟的山谷，不深，只是月亮的吠叫深了，我再听不见。

我担心地躺在床上，不知道什么声音把它喊走了，想起来去看看，又被沉沉的睡意拖住。那个夜晚，天上的月亮从东边出来，翻过菜籽沟，逐渐地移到后面的泉子沟。这只叫月亮的狗，跟着天上的半个月亮，翻山越岭。

它可能不知道天上悬着那个也叫月亮。但它肯定比我更熟知月亮。它守在有月亮的夜里，彻夜不眠。在无数的月光之夜，它站在坡顶的草垛上，对着月亮汪汪汪吠叫，仿佛跟月亮诉说。那时候，我能感觉到狗吠和月光是彼此听懂的语言，它们彻夜诉说。我能听懂月光的一只耳朵，在遥远的梦里，朝我睡着的山脚屋檐下，孤独地倾听。我的另一只耳朵，清醒地听见外面所有的动静里，没有一丝月光的声音。

它一定知道我在听。它听见屋后山坡上的响动。

有时一场大风在翻过山顶。有时一个人悄然走过，踩动草叶的脚步声被它灵敏的耳朵听见。有时它听见黑云贴地，从后山压过来。它知道我的耳朵听不见黑夜到来的声音。它先在我的门口叫，在窗户边叫。它要先叫醒我，让我知道夜已经变得更黑更冷。

有时它叫得紧了，金子会喊我出去看看。更多时候我懒得出门，打开手电从窗户照出去，光柱对着两侧教室的门窗扫一圈，对着高高的白杨树和松树扫一圈，对着孔子石像前的台阶照下去，大门和外面的马路，被树挡住。看见手电光它会回来，站在光柱里，扭过头看。我打开窗户，探头出去，喊一声"月亮"，我的喊声在它停息吠叫的大院子里，空空地响着。我关了手电，悄然走在有它陪伴的月光里。它对着月亮叫，我也对着月亮，嘴大张，发出的声音却仿佛是它的。

有时它的叫声在院子外面，在屋后山坡上，我的手电光掠过树梢，朝它对着吠叫的月亮照去。四周没有一点光，两旁黑沉沉的山梁，将远处城市的灯火挡在了另一个世界，所有的光亮都在天上，繁星、银河、月亮。这来自地上的一束手电光，伴随我仰望的一缕目光，在遥遥的月亮上，与一只狗的目光相汇。

有一夜它不停地叫到天快亮，我睡着又被它叫醒，金子一直醒着，她过一阵对我说一句，你出去看看吧，院子可能进来人了。我说没事，睡吧。说完我却睡不着，满耳朵是月亮的狂吠。它嗓子都哑了，还在叫。

我穿衣出去，手电朝它狂吠的果园照过去，走到它吠叫的教室后面，对着穿过林带的小路上照。全是黑黑的树影。月亮亲热地往我身上蹭，我摸着它热乎乎的额头，它叫了一晚上，就想叫我出来，有东西在夜里进了院子，但我看不见它所看见的。我关了手电，蹲下身耳朵贴着它的耳朵静听了一会儿，又打开手电，天上寥寥地闪着几颗星星，光亮照不到地上。树挤成一堆一堆，感觉那些高大的树都蹲在夜里，手电照过去的一瞬，它们突然站起来。

果真有人进了院子。那是另一个夜晚，我掀开窗帘，看见一个人走进大杨树下阴影里。我赶紧起床，开门出去，手电对着那块阴影照，什么都没有。月亮在我前面狂吠，沿着穿过白杨树阴影的小路往上走，前面是一棵挨一棵的大树，那个人不见了。

我回来睡觉。过了会儿，月亮又大叫起来，我掀开窗帘，看见刚才那个人正从大杨树的阴影里走出来，这次我看清了，他肩上扛着东西，还打着一个小手电。月亮只是站在台阶上狂吠，不接近那个人。我出门喊了一声。那人站住,手电照过去,看见他肩上的铁锨。是书院后面的村民,他在夜里浇地,水渠穿过我们院子,他沿渠巡水。

月亮见我出来胆子大了,直接扑上去咬。我喊住月亮,和那人说了几句话,仍然没认清他是谁。这时东方已经泛白,从对面山梁上露出的曙光,还不能全部照亮书院。我喜欢这种微明,天空、树、房子和人,都半睡半醒。头遍鸡叫了。

我们家那只大公鸡先叫出第一声,接着,一山沟的鸡都开始叫。我看看手机,早晨六点。我还有三个小时的回头觉,得把脑子睡醒,不然一天迷迷糊糊,啥事情都想不清楚。

另一夜大风进了院子,呼啦啦地摇白杨树和松树,摇苹果树和榆树。月亮在铺天盖地的风声里听见一个人的脚步声,它对着果园狂吠。我也隐隐听见了,像是多少年前我在那些刮大风的夜晚回家的脚步声,被风吹了回来。

我起身开门,顶着凉飕飕的秋风,走进月亮吠叫的果园。这时候大风已经把天上的云朵刮开,月光星光,照亮整个院子,我没有开手电,在清亮的月光里,看见一个人站在苹果树下,摘果子。风摇动着果树梢,树下却安安静静。那个人头伸进树枝里摸索一阵,弯腰把摸到的苹果放进袋子。那些苹果泛着月光,我想在他弯腰的一瞬看见他是谁。但是,他一弯腰,脸就埋在阴影里。我在另一棵苹果树下，静静地看他摘我们的果子，有一刻他似乎觉察出了什么，朝我站的这棵果树望，我害怕得憋住呼吸，好像我是一个贼，马上要被发现了。接着他又摘了几个果子，然后，背起满满的一袋子苹果，朝后院墙走。

月亮突然狂叫着追过去。在我静悄悄站在树下看那人时，月亮靠在我的腿边，它也安静地看着那个人。它或许在等我开口说话，它等了很久，终于忍不住，猛地扑了过去。那人一慌，摔倒在地，爬起来便跑，跑到院墙根，连滚带爬，从院墙豁口翻出去。

我没有喊月亮。它追咬到豁口处停住，对着院墙外叫了一阵，又转头回来。我带着月亮穿过秋风呼啸的果园，不时有熟透的苹果落下来，咚的一声。有时好多个苹果噼噼啪啪地落在身边，我慢慢地走着，弓腰躲过斜伸的树枝，我想会有一个苹果落在我头上，咚的一声，我猛地被砸醒，不由自主地发出疼痛的"哎呀"声。可是没有，从始至终，我没有发出一丝声音，甚至没有叫一声月亮。待我回屋躺在床上，突然后悔起刚才自己的噤声。

月亮那样声嘶力竭地叫我出去，它是想让我叫一声，它知道那个人在拿东西，它认得贼的样子，它想让只有孤单狗吠的夜里，也有我的一声喊叫。

可是，我没有出声。在我沉睡前的模糊听觉里，月亮孤独的叫声又在外面响起来了，一声接一声地，把我送入凉飕飕的梦中。

在无数个刮风的夜晚，它彻夜不眠，风进院子了，树梢在动，树的影子在动，所有的东西都发出声响，连死去两年的那棵枯杏树，都呜呜地叫。

黑狗月亮的吠叫淹没在巨大的风声里，仿佛它也被风吹着叫，它的叫声也成了风声的一部分。在它过于灵敏的耳朵里，风吹树叶的声音都大得惊人。那时候，我在自己辽远的睡梦中，满世界不安的响动，四周阴森森，我身不由己，被拖进一场恐怖的梦魇中，我奔跑、嘴大张，我的声音像被谁没收了。最后，我拼命喊出的那一声，飘出窗户，被它听见。它猛地转身，从屋后满是月光的山坡回来，从树荫摇曳的果园回来，从只有它自己的吠叫声里回来。它对着我的窗户大叫，它不知道我在梦中发生了什么，但它听见我从未有过的叫声，它拿脊背搡门，像我晚起的那些早晨，它在门口守候久了，拿脊背笨拙地搡门。

我在它的叫声里突然醒来。

一片叶子下生活

如果我们要求不高,一片叶子下安置一生的日子。花粉佐餐,露水茶饮,左邻一只叫花姑娘的甲壳虫,右邻两只忙忙碌碌的褐黄蚂蚁。这样的秋天,各种粮食的香味弥漫在空气里,粥一样稠浓的西北风,喝一口便饱了肚子。

我会让你喜欢上这样的日子,生生世世跟我过下去。叶子下怀孕,叶子上产子。我让你一次生一百个孩子。他们三两天长大,到另一片叶子下过自己的生活。我们不计划生育,只计划好用多久时间,让田野上到处是我们的子女。他们天生可爱懂事,我们的孩子,只接受阳光和风的教育,在露水和花粉里领受我们的全部旨意。他们向南飞,向北飞,向东飞,都回到家里。

如果我们要求不高,一小洼水边,一块土下,一个浅浅的牛蹄窝里,都能安排好一生的日子。针尖小的一丝阳光暖热身子,头发细的一丝清风,让我们凉爽半个下午。

我们不要家具，不要床，困了你睡在我身上，我睡在一粒发芽的草籽上，梦中我们被手掌一样的蓓蕾捧起，越举越高，醒来时就到夏天了。扇扇双翅，我要到花花绿绿的田野转一趟。一朵叫紫胭的花上你睡午觉，一朵叫红媚的花在头顶撑开凉棚。谁也不惊动你，紫色花粉沾满身子，红色花粉落进梦里。等我转一圈回来，拍拍屁股，宝贝，快起来怀孕生子，东边那片麦茬地里空空荡荡，我们赶紧把子孙繁衍到那里。

如果不嫌轻，我们还可以像两股风一样过日子。春天的早晨你从东边那条山谷吹过来，我从南边那片田野刮过去。我们遇到一起合成一股风，是两股紧紧抱在一起的风。我们吹开花朵不吹起一粒尘土。吹开尘土，看见埋没多年的事物，跟新的一样。当更大更猛的风刮过田野，我们在哗哗的叶子声里藏起了自己，不跟它们刮往远处。围绕村子，一根杨树枝上的红布条够你吹动一个下午，一把旧镰刀上的斑驳尘锈够我们拂拭一辈子。

生活在哪儿停住，哪儿就有锈迹和累累尘土。我们吹不动更重的东西：石磨盘下的天空草地，压在深厚墙基下的金子银子。还有更沉重的这片村庄田野的百年心事。

也许，吹响一片叶子，摇落一粒草籽，吹醒一只眼睛里的晴朗天空——这些才是我们最想做的。

可是，我还是喜欢一片叶子下的安闲日子，叶子下怀孕，叶子上产子。田野上到处是我们可爱的孩子。

如果我们死了，收回快乐忙碌的四肢，一动不动地躺在微风里。说好了，谁也不蹬腿，躺多久也不翻身。不要把我们的死告诉孩子。死亡仅仅是我们的事。孩子们会一代一代地生活下去。

如果我们不死，只有头顶的叶子黄落，身下的叶子也黄落。落叶铺满秋天的道路。下雪前我们搭乘拉禾秆的牛车回到村子。天渐渐冷了，我们不穿冬衣，长一身毛。你长一身红毛，我长一身黑毛。一红一黑站在雪地。太冷了就到老鼠洞穴、蚂蚁洞穴避寒几日。不想过冬天也可以，选一个隐蔽处昏然睡去，一直睡到春暖草绿。睁开眼，我会不会已经不认识你，你会不会被西风刮到河那边的田野里。

冬眠前我们最好手握手、面对面，紧抱在一起。春天最早的阳光从东边照来，先温暖你的小身子。如果你先醒了，坐起来等我一会儿。太阳照到我的脸上我就醒来，动动身体，睁开眼睛，看见你正一口一口吹我身上的尘土。

又一年春天了。你说。

又一年春天了。我说。

我们在城里的房子是否已被拆除。在城里的车是否已经跑丢了轱辘。城里的朋友，是否全变成老鼠，顺着墙根溜出街市，跑到村庄田野里。你说，等他们全变成老鼠了，我们再回去。这是别人的田野，有一条埂子让我们走路，一渠沟秋水让你洗手濯足。有没有一小块地，让我们播自己的种子。

我们有自己的种子吗？如果真有一块地，几千亩、几万亩这样大的地，除了任它长草开花，长树，落雪下雨，荒成沙漠戈壁，还能种下什么呢？

当我们一路忙活着走远时，大地上的秋天从一粒草籽落地开始，一直地铺展开去。牛车走坏道路。鸟在空中疾飞急叫，眼睛都红了。没有粮仓的鸟，眼巴巴看着人一车车把粮食全收回去。随后的第一场雪，又将落地的谷粒全都盖住。整个冬天鸟站在最冷的树枝上，盯着人家的院子，盯着人家的烟囱冒烟，一群一伙地飞过去，围着黑烟囱取暖。

老鼠在人收获前的半个月里，已经装满仓，封好洞，等人挥镰舞叉来到地里，老鼠已步态悠闲地在田间散步，装得若无其事，一会儿站在一块土圪垯上叫一声：快收快收，要下雨了。一会儿又在地头喊：这里漏了两束麦子，捡回去，别浪费了。每当这个时候，你知道谁在收割人这种作物，一镰挨一镰地，那把刀从来不老，从不漏掉一个，嚓嚓嚓的收割声响在身后。

我们回过头，看见自己割倒的一片麦田，看见田地那几千几万里的莽莽大野里，几万万年间的人们，一片片地割倒在地。我们是剩在地头的最后的一长溜子。我们青青的叶子是否让时光之镰稍稍缓迟。你勉力坚持、不肯放弃的青春美丽,是否已经改变了命运前途。

我看见那个提刀的人,隐约在田地那边。在随风摇曳的大片麦穗与豆秧那头,是他一动不动的那颗头。

他看着整个一大片金黄麦田。

他下镰的时候,不会在乎一两株叶青穗绿的麦子。他的镰刀绕不过去。他的收成里不缺少还没成熟的那几粒果实。他的喜庆中夹杂的一两声细微哭泣只有我们听见。他的镰刀不认识生命。

他是谁呢?

当那把镰刀握在我们手中,我们又是谁呢?

好多树

　　我离开的时候,我想,无论哪一年,我重新出现在黄沙梁,我都会扛一把锨,轻松自若地回到他们中间。像以往的那些日子一样,我和路上的人打着招呼,说些没用的话。跟擦肩而过的牲畜对望一眼。扬锨拍一下牛屁股,被它善意地尥一蹄子,笑着跑开几步。我知道该在什么地方,离开大路,顺那条杂草拥围的小路走到自己的地里。我知道干剩下的活还在等着我呢——那块翻了一半的麦茬地,没打到头的一截埂子,因为另一件事情耽搁没有修通的一段毛渠……只要我一挥锨,便会接着剩下的那个茬干下去。接着那时的声音说笑,接着那时的情分与村人往来,接着那时的早和晚、饱和饥、手劲和脚力。

　　事实上许多年月使我再无法走到这个村庄跟前,无法再握住从前那把锨。

　　二十年前我翻过去的一锨土,已经被人翻回来。

这个村庄干了件亏本的事。它费了那么大劲,刚把我喂养到能扛锨、能挥锄、能当个人使唤时,我却一拍屁股离开了它,到别处去操劳卖力。

我可能对不住这个村子。

以后多少年里,这片田野上少了一个种地的人,有些地因此荒芜。路上少了一个奔波的人,一些尘土不再踩起,一些去处因此荒寂。村里少了一个说话的人,有些事情不再被说出。对黄沙梁来说,这算多大的损失呢。

但另一方面,村里少了一个吃饭的人、一个吸气喝水的人、一个多少惹点是非想点馊主意的人、一个夜夜做梦并把梦当真的人,村里的生活是否因此清静而富裕。

那时候,我曾把哪件割舍不下的事交代委托给别人。我们做过多么久远的打算啊——把院墙垒得又高又厚实,每年在房子周围的空地上栽树,树干还是锨把粗的时候,我们便已经给它派上了用途。这棵树将来是根好椽子料呢。说不定能长成好檩条,树干又直又匀称。到时候看吧,长得好就让它再长几年,成个大材。长不好就早砍掉,地方腾出来重栽树。

这棵就当辕木吧,弯度正合适,等它长粗,我们也该做辆新牛车了。哎,这棵完蛋了,肯定啥材都不成,栽时挺直顺的,咋长着长着树头闪过来了,好像它在躲什么东西。一颗飞过来的土块？它头一偏，再没回过去。或许它觉得，土块还会飞过来，那片空间不安全，它只好偏着头斜着身子长。

我总觉得，是只鸟压弯的。一只大鸟。落到树梢上，蹲了一晚上。一只大鸟。它一直看着我们家的房子。看着我们家的门和窗子。看着我们家的灶台和锅。那个晚上，没有一个人出来。狗睡着了。搭在细绳上的旧衣服，魂影似的摆晃着。可能有月亮，院子照得跟白天一样。放在木车上的铁锨，白刃闪着光。

那时我们全做梦去了。在梦中远离家乡。一只鸟落在屋旁的树梢上，一动不动，盯着我们空落落的屋院，看了一晚上。它飞走的时候，树梢再没有力气，抬起头来。我们早帮帮它就好了，用根木头并住，把它绑直。可是现在不行了。它们最终一棵都没长成我们希望的那么粗。

我们在黄沙梁的生活到头了。除了有数的几棵歪柳树，有幸留下来继续生长，其余的全被我们砍了去。它们在黄沙梁的生长到此为止。根留在土里，或许来年生发出几枝嫩芽，若不被牛啃掉、孩子折掉，多少年后会长成粗实茂盛的一棵树。不过，那都是新房主冯三的事了。他一个光棍，没儿没女，能像我们一样期望着一棵棵的树长大长粗，长成将来生活中一件件有用的东西吗？

我只记得我们希望它长成好橡子的那棵，砍去后做了锨把，稍粗,刮削了一番,用了三五年,后来别断了,扔在院子里。再后来就不见了。元兴宫的土地比黄沙梁的僵硬,挖起来费锹又费力,根本长不出好东西。

父亲一来到这个村子便后悔了。我们从沙漠边迁到一个荒山坡上。好在总算出来了。元兴宫离县城很近,二十多公里,它南边的荒山中窝着好几个更偏远贫僻的村子,相比之下它是好地方了。黄沙梁却无法跟谁比,它最僻远。

另一棵,我们曾指望它长成檩条的那棵,在元兴宫盖房子时本打算用作椽子,嫌细,刮了皮更显细弱,便被扔到一边,后来搭葡萄架用上了,担在架顶上,经过几年风吹日晒,表皮黑旧不说,中间明显弯垂下来。看来它确实没有长粗,受不住多少压力。不知我们家往县城搬迁时,这根木头扔了还是又拉了回来。我想,大概我已经不认识它了。几经搬迁,我们家的木头有用的大都盖了房子,剩几根弯弯扭扭的,现在,扔在县城边的院子里,和那堆梭梭柴躺在一起,一天天地朽去。

老根底子

　　李家门前只有不成行的几棵白杨树，细细的，没几个枝叶，连麻雀都不愿落脚。尤其大一点的鸟，或许看都不会看他们家一眼，直端端飞过来，落到我们家树上。

　　像鹞鹰、喜鹊、猫头鹰这些大鸟，大都住在村外的野滩里，有时飞到村子上头转几圈，大叫几声，往哪棵树上落不往哪棵树上落，都是看人家的。它不会随便落到一棵树上，一般都选上了年纪的老榆树落脚。老榆树大都长在几个老户人家的院子里。邱老二家、张保福家、王多家和我们家树上，就经常落大鸟。李家树上从没有这种福气，连鸟都知道那几棵小树底下的人家是新来的，不可靠。

　　一户人家新到一个地方，谁都不清楚他会干出些啥事。老鼠都不太敢进新来人家的房子。蚂蚁得三年后才敢把家搬到新来人家的墙根，再过三年才敢把洞打进新来人家的房子。鸟在天空把啥事都看得清楚,院子里的鸡、鸡窝、狗洞,屋檐下的燕子巢,檐上的鸽子。鸟会想,能让这么多动物和睦共居的家园,肯定也会让一只过路的鸟安安心心歇会儿脚。在大树顶上,大鸟看见很多年前另一只大鸟压弯的枝,另一只大鸟踩伤的一块树皮。一棵被大鸟踩弯树头的榆树,最后可能比任何一棵树都长得高大结实。

我们家是黄沙梁有数的几家老户之一,尽管我们来的时间不算长,但后父他们家在这里生活了好几辈人,老庄子住旧了又搬到新庄子。新庄子又快住旧了。在这片荒野上人们已经住旧了两个庄子,像穿破的两只鞋,一只扔在西边的沙沟梁,一只扔在更西边的河湾里。人们住旧一个庄子便往前移一两里,盖起一个新庄子。地大得很,谁都不愿在老地方再盖新房子。房子住破时,路也走坏了,井也喝枯了,地毁得坑坑洼洼,人也死了一大茬,总之,都可以扔掉了。往前走一两里,对一个村庄来说,看似迈了一小步,却耗尽了几百年。

有些东西却会留下来,一些留在人的记忆里,更多的留在木头、土块、车辕、筐子、麻袋及一截皮绳上。这些东西齐全地放在老户人家的院子里。新来的人家顶多有两把新锨,和一把别人扔掉的破锄头,锄刃上的豁口跟他没一点关系,锄背上的那个裂缝也不认识他。用旧一样东西得好几年的时间。尤其一个院子,它像扔一把旧锄头或一截破草绳一样，扔掉好几辈人，才能轮到人抛弃它。

老户人家都有许多扔不掉的老东西。

老户人家的柴垛底下压着几十年前的老柴火，或上百年前的一截歪榆木。全朽了，没用了。这叫柴垛底子。有了它新垛的柴火才不会潮，不会朽掉。老户人家粮仓里能挖出上辈人吃剩的面和米。老户人家有几头老牲口，牙豁了，腿有点瘸，干活慢腾腾的，却再没人抽它鞭子。老户人家羊圈底下都有几米厚的一层肥土。那是几十年上百年的羊粪尿浸泡出来的，挖出来比羊粪还值钱，却从不挖出来，肥肥地放着——除非万不得已。那就叫老根底子。

在黄沙梁我们接着后父家的茬往下生活，那是我们的老根底子。在东刮西刮的风和明明暗暗的日月中，我们看见他们上辈人留下的茬头，像一根断开长绳的一头找到了另一头。我们握住他们从黑暗中伸过来的手，接住他们从地底下喘上来的气，从满院子的旧东西中我们找到自己的新生活。他们握那把锨，使那架犁时的感觉又渐渐地、全部地回到我们手里。这些全新的旧日子让我们觉得生活几乎能够完整地、没有尽头地过下去。

城市牛哞

我是在路过街心花园时，一眼看见花园中冒着热气的一堆牛粪的。在城市能见到这种东西我有点不敢相信，城市人怎么也对牛粪感兴趣？我翻进花园，抓起一把闻了闻，是正宗的乡下牛粪，一股熟悉的遥远乡村的气息扑鼻而来，沁透心肺。那些在乡下默默无闻的牛，苦了一辈子最后被宰掉的牛，它们知不知道自己的牛粪被运到城市，作为上好肥料养育着城里的花草树木。它们知道牛圈之外有一个叫乌鲁木齐的城市吗？

一次我在街上看到从乡下运来的一卡车牛，它们并排横站在车厢里，像一群没买到坐票的乘客，东张西望，目光天真而好奇。我低着头，不敢看它们。我知道它们是被运来干啥的，在卡车缓缓开过的一瞬，我听到熟悉的一声牛哞，紧接着一车牛的眼睛齐刷刷盯住了我：它们认出我来了……这不是经常扛一把铁锹在田间地头转悠的那个农民吗？他不好好种地跑到城里干啥来了。瞧他夹一只黑包在人群中奔波的样子，跟在乡下时夹一条麻袋去偷玉米是一种架势。我似乎听到牛议论我，我羞愧得抬不起头。

这些牛不是乘车来逛街的。街上没有牛需要的东西，也没有牛要干的活。城市的所有工作被一种叫市民的承揽了，他们不需要牲畜。牛只是作为肉和皮子被运到城市。他们为了牛肉的新鲜才把活牛运到城里。一头牛从宰杀到骨肉被分食，这段时间体现了一个城市的胃口和消化速度。早晨还活蹦乱跳的一头牛，中午已摆上市民的餐桌，进入肠胃转化成热量和情欲。

而牛知不知道它们的下场呢？它们会不会正天真地想，是人在爱护它们抬举它们呢？它们耕了一辈子地，拉了一辈子车，驮了一辈子东西，立下大功劳了，人把它们当老工人或劳动模范一样尊敬和爱戴，从千万头牛中选出些代表，免费乘车到城里旅游一趟，让它们因这仅有的一次荣耀而忘记一辈子的困苦与屈辱，对熬煎了自己一生的社会和生活再没有意见，无怨无悔。牛会不会在屠刀搭在脖子上时还做着这样的美梦呢？我是从装满牛的车厢跳出来的那一个。是冲断缰绳跑掉的那一个。是挣脱屠刀昂着鲜红的血脖子远走他乡的那一个。

多少次我看着比人高大有力的牛，被人轻轻松松地宰掉，它们不挣扎，不逃跑，甚至不叫一声，似乎那一刀捅进去很舒服。

我在心里一次次替它们逃跑，用我的两只脚，用我远不如牛的那点力气，替千千万万头牛在逃啊逃，从一个村庄到另一个村庄，最终逃到城市，躲在熙熙攘攘的人群中，让他们再认不出来。我尽量装得跟人似的，跟一个城里人似的说话、做事和走路。但我知道我和他们是两种动物。我沉默无语，偶尔在城市的喧嚣中发出一两声沉沉牛哞，惊动周围的人。他们惊异地注视着我，说我发出了天才的声音。我默默地接受着这种赞誉，只有我知道这种声音曾经遍布大地，太普通、太平凡了。只是发出这种声音的喉管被人们一个个割断了。多少伟大生命被人们当食物吞噬。人们用太多太珍贵的东西喂了肚子。浑厚无比的牛哞在他们的肠胃里翻个滚，变作一个嗝或一个屁被排掉——工业城市对所有珍贵事物的处理方式无不类似于此。

那一天，拥拥挤挤的城里人来来往往，他们注意到坐在街心花园的一堆牛粪上一根接一根抽烟的我，顶多把我当成给花园施肥的工人或花匠。我已经把自己伪装得不像农民。几个月前我扔掉铁锨和锄头跑到城市，在一家文化单位打工。我遇到许多才华横溢的文人，他们家里摆着成架成架的书，读过古今中外的所有名著。被书籍养育的他们，个个满腹经纶。我感到惭愧，感到十分窘迫。我的家里除了成堆的苞谷棒子，便是房前屋后的一堆堆牛粪，我唯一的养分便是这些牛粪。小时候在牛粪堆上玩耍，长大后又担着牛粪施肥。长年累月地熏陶我的正是弥漫在空气中的牛粪味。我不敢告诉他们,我就是在这种熏陶中长大并混到文人作家行列中的。

这个城市正一天天长高,但我感到它是脆弱的、苍白的,我会在适当的时候给城市上点牛粪,我是个农民,只能用农民的方式做我能做到的,尽管无济于事。我也会在适当时候邀请我的朋友们到一堆牛粪上坐坐,他们饱食了现代激素,而人类最本原的底肥是万不可少的。没这种底肥的人如同无本之木,是结不出硕大果实的。

好在城市人已经认识到牛粪的价值。他们把雪白雪白的化肥卖给农民,又廉价从农民手中换来珍贵无比的牛粪养育花草树木。这些本该养育伟大事物的贵重养料,如今也只能育肥城市人的闲情逸致了。

我的树

　　村子周围剩下有数的几棵大榆树，孤零零的，一棵远望着一棵，全歪歪扭扭，直爽点的树早都让人砍光了。走南梁坡的路经过两棵大榆树。以前路是直的，为了能从榆树底下走过，路弯曲了两次，多出几里。但走路的人乐意。

　　夏天人们最爱坐在榆树下乘凉，坐着坐着一歪身睡着。树干上爬满了红蚂蚁，枝叶上吊着黑蜘蛛。树梢上有鸟窝，四五个或七八个，像一只只粗陶大碗朝天举着。有时鸟聒醒人，看见一条蛇爬到树上偷鸟蛋吃，鸟没办法对付，只是乱叫。叫也没用，蛇还是往上爬，把头伸进鸟窝里。鸟其实可以想办法对付，飞到几十米高处，屁股对准蛇头，下一个蛋下来，准能把蛇打昏过去。

　　有些树枝上拴着红红绿绿的布条和绳头，那是人做的标记。谁拴了这个树枝就是谁的，等它稍长粗些好赖成个材料时便被人砍去。也往往等不到成材被人砍去。

村里早就规定了这些树不准砍。但没规定树枝也不许砍。也没规定死树不许砍。人想砍哪棵树时总先想办法把树整死。人有许多整树的办法，砍光树枝是其中一种。树被砍得光秃秃时，便没脸面活下去。

树也有许多办法往下活。我见过靠仅剩的一根斜枝缀着星星点点几片绿叶活过夏天的一棵大榆树，根被掏空像只多腿的怪兽立在沙梁上一年一年长出新叶的一棵胡杨树，被风刮倒躺在地上活了许多年的一棵沙枣树。

我不知道树为啥要委屈地活着，我知道实在活不下去了，树就会死掉。死掉是树最后的一种活法。我经常去东边河湾里那棵大榆树下玩，它是我的树，尽管我没用布条和绳头拴它。树的半腰处有一根和地平行的横枝，直直地指着村子。那次我在河湾放牛，爬到树上玩，大中午牛吃饱了卧在树下刍草。我脸贴着树皮，顺着那个横枝望过去，竟端端地望见我们家房顶的烟囱和滚滚涌出的一股子炊烟。

以后我在河湾放牛经常趴在那个枝杈上望。整个响午我们家烟囱孤零零的，像一截枯树桩。这时家里没人，院门朝外扣着。到了中午烟囱会冒一阵子烟，那时家里人大都回去了，院子里很热闹，鸡和猪吵叫着要食吃，狗也围着人转，眼睛盯着锅和碗。烟熄时家里人开始吃饭。我带着水壶和馍馍，一直到天黑才赶牛回去。

夜里我常看见那棵树，一闭眼它就会出现，样子怪怪地黑站在河湾，一只手臂直端端指着我们家房子——看，就是那户人家，房顶上码着木头的那户人家。它在指给谁看。谁一直在看着我们家，看见什么了。

我独自地害怕着。那根枝杈后来被张耘家砍走了，担在他们家羊圈棚上，大头朝南小头朝北做了椽子。他们砍它时我正在河湾边的胡麻地割草，听见咚咚的砍树声，我提着镰刀站在埂子上，看见那棵树下停着牛车，一个人站在车上。看不清树上抡着斧头的那个人。我想跑过去，却挪不动脚步，像一棵树一样呆立在那里。

我是那棵树（我已经是那棵树），我会看见我朝西的那个枝杈，正被砍断，我会疼痛得叫出声，浑身颤动，我会绝望地看着它掉落地上，被人抬上车拉走。

从此我会一年一年地，用树上那个伤心的疤口望着西边的村子。我会不住地流泪。

我再没有一根伸向西边的树枝。它在多少年里一直端端地指着一户人家的烟囱，那烟囱在夜里端端地指着天上的一颗星星。那屋里的男孩，夜夜梦见自己在村庄上头飘，像羽毛一样，树叶一样。有时他迷失了，飘落在那棵树上，树用朝西的一个枝，指给他看自己家的房顶，看那截黑黑的烟囱。

对着一朵花微笑

我一回头,身后的草全开花了。一大片,像谁说了一个笑话,把一滩草惹笑了。我正躺在土坡上想事情。是否我想的事情——一个人头脑中的奇怪想法——让草觉得好笑,在微风中笑得前仰后合。有的哈哈大笑,有的半掩芳唇,忍俊不禁。靠近我身边的两朵,一朵面朝我,张开薄薄的粉红花瓣,似有吟吟笑声入耳。另一朵则扭头掩面,仍不能遮住笑颜。我禁不住也笑了起来。先是微笑,继而哈哈大笑。

这是我第一次在荒野中,一个人笑出声来。

还有一次,我在麦地南边的一片绿草中睡了一觉。我太喜欢这片绿草了,墨绿墨绿,和周围的枯黄野地形成鲜明对比。

我想大概是一个月前,浇灌麦地的人没看好水,或许他把水放进麦田后睡觉去了。水漫过田埂,顺这条干沟漫流而下,枯萎多年的荒草终于等来一次生机。那种绿,是积攒了多少年的,一如我目光中的饥渴。我虽不能像一头牛一样扑过去，猛吃一顿，但我可以在绿草中睡一觉。

和我喜爱的东西一起睡一觉，做一个梦，也是满足。一个在枯黄田野上劳忙半世的人，终于等来草木青青的一年。一小片草木会不会等到我出人头地的一天。

这些简单地长几片叶、伸几条枝、开几瓣小花的草木，从没长高长大、没有茂盛过的草木，每年每年，从我少有笑容的脸和无精打采的行走中，看到的是否全是不景气。

我活得太严肃，呆板的脸似乎对生存已经麻木，忘了对一朵花微笑，为一片新叶欢欣和激动。这不容易开一次的花朵，难得长出的一片叶子，在荒野中，我的微笑可能是对一个卑小生命的欢迎和鼓励。就像青青芳草让我看到一生中那些还未到来的美好前景。

以后我觉得，我成了荒野中的一个。真正进入一片荒野其实不容易，荒野旷敞着，这个巨大的门让你在努力进入时不经意已经走出来，成为外面人。它的细部永远对你紧闭着。

走进一株草、一滴水、一粒小虫的路可能更远。弄懂一棵草，并不仅限于把草喂到嘴里嚼几下，尝尝味道。挖一个坑，把自己栽进去，浇点水，直愣愣站上半天，感觉到的可能只是腿酸脚麻和腰疼，并不能断定草木长在土里也是这般情景。人没有草木那样深的根,无法知道土深处的事情。人埋在自己的事情里,埋得暗无天日。人把一件件事情干完,干好,人就渐渐出来了。

我从草木身上得到的只是一些人的道理,并不是草木的道理。我自以为弄懂了它们,其实我弄懂了自己。我不懂它们。

卷四

我把故乡隐藏在身后

柴火

我们搬离黄沙梁时,那垛烧剩下一半的梭梭柴,也几乎一根不留地装上车,拉到了元兴宫村。元兴宫离煤矿近,取暖做饭都烧煤,那些柴火因此留下来。后来往县城搬家时,又全拉了来,跟几根废铁、两个破车轱辘,还有一些没用的歪扭木头一起,乱扔在院墙根。不像在黄沙梁时,柴火一根根码得整整齐齐,像一堵墙一样,谁抽走一棵都能看出来。

柴垛是家力的象征。有一大垛柴火的人家,必定有一头壮牲口、一辆好车、一把快镢头、一根又粗又长的刹车绳。当然,还有几个能干的人,这些好东西凑巧对在一起了就能成大事,出大景象。可是,这些好东西又很难全对在一起。

有的人家有一头壮牛,车却破破烂烂,经常坏在远路上,满车的东西扔掉,让牛拉着空车逛荡回来。有的人家正好相反,置了辆新车,能装几千斤东西,牛却体弱得不行,拉半车干柴都打摆子。还有的人家，车、马都配地道了，镬头也磨利索，刹车绳也是新的，人却不行了——死了，或者老得干不动活。家里失去主劳力，车、马、家具闲置在院子，等儿子长大、女儿出嫁，一等就是多少年，这期间车马家具已旧的旧，老的老，生活又这样开始了，长大长壮实的儿女们，跟老马破车对在一起。

一般的人家要置办一辆车得好些年的积蓄。往往买了车就没钱买马了，又得积蓄好些年。我们到这个家时，后父的牛、车还算齐备，只是牛稍老了些。柴垛虽然不高，柴火底子却很厚大排场。不像一般人家的柴火，小小气气的一堆，都不敢叫柴垛。先是后父带我们进沙漠拉柴，接着大哥单独赶车进沙漠拉柴，接着是我、三弟，等到四弟能单独进沙漠拉柴时，我们已另买了头黑母牛，车轱辘也换成新的，柴垛更是没有哪家可比，全是梭梭柴，大棵的，码得跟房一样高，劈一根柴就能烧半天。

现在，我们再不会烧这些柴火了，把它当没用的东西乱扔在院子里，却又舍不得送人或扔掉。我们想，或许哪一天没有煤了，没有暖气了，还要靠它烧饭取暖。只是到了那时我们已不懂得怎样烧它。劈柴的那把斧头几经搬家已扔得不见，家里已没有可以烧柴火的炉子。即便这样我们也没扔掉那些柴火，再搬一次家还会带上。它是家的一部分。那个墙根就应该码着柴火，那个院角垛着草，中间停着车，柱子上拴着牛和驴。在我们心中一个完整的家院就应该是这样的。许多个冬天,那些柴火埋在深雪里,尽管从没人去动,但我们知道那堆雪中埋着柴火,我们在心里需要它,它让我们放心地度过一个个寒冬。

那堆梭梭柴就这样在院墙根待了二十年,没有谁去管过它。有一年扩菜地,往墙角移过一次,比以前轻多了,扔过去便断成几截子,颜色也由原来的铁青变成灰黑。另一年一棵葫芦秧爬到柴堆上,肥大的叶子几乎把柴火全遮盖住,那该是它最凉爽的一个夏季了,秋天我们为摘一颗大葫芦走到这个墙角,葫芦卡在横七竖八的柴堆中,搬移柴火时我又一次感觉到它们腐朽的程度,除此之外似乎再没有人动过。在那个墙角里它们独自过了许多年,静悄悄地把自己燃烧掉了。最后,它变成一堆灰时,我可以说,我们没有烧它,它自己变成这样的。我们一直看着它变成了这样,从第一滴雨落到它们身上、第一层青皮在风中开裂时我们看见了。它根部的碴口朽掉,像土一样脱落在地时我们看见了。深处的木质开始发黑时我们看见了,全都看见了。当我成一具尸时,你们一样可以坦然地说,我们没有整这个人,没有折磨他,他自己死掉的,跟我们没一点关系。

那堵墙说,我们只为他挡风御寒,从没堵他的路。前墙有门,后墙有窗户。

那个坑说,我没陷害他,每次他都绕过去。只有一次,他不想绕了，栽了进去。

风说，他的背不是我刮弯的。他的脸不是我吹旧的。眼睛不是我吹瞎的。

雨说我只淋湿他的头发和衣服，他的心是干燥的，雨下不到他心里。

狗说我只咬烂过他的腿，早长好了。

土说，我们埋不住这个人，梦中他飞得比所有尘土都高。

可是，我不会说。它们说完就全结束了。在世间能够说出的只有这么多。没谁听见一个死掉的人怎么说。我一样没听见一堆成灰的梭梭柴，最后说了什么。

留下这个村庄

我没想这样早地回到黄沙梁。应该再晚一些，再晚一些。黄沙梁埋着太多的往事。我不想过早地触动它。一旦我挨近那些房子和地，一旦我的脚踩上那条土路，我一生的回想将从此开始。我会越来越深地陷入以往的年月里，再没有机会扭头看一眼我未来的日子。

我来老沙湾只是为了离它稍近一些，能隐约听见它的一点声音，闻到它的一丝气息。我给自己留下这个村庄，今生今世，我都不会轻易地走进它，打扰它。

我会克制地不让自己去踩那条路、推那扇门、开那页窗……在我的感觉中它们安静下来，树停住生长，土路上还是我离开时的那几行脚印，牲畜和人也是那时的样子，走或叫，都无声无息。那扇门永远为我一个人虚掩着，木窗半合，树叶铺满院子，风不再吹刮它们。

我曾在一个秋天的傍晚,站在黄沙梁东边的荒野上,让吹过它的秋风一遍遍吹刮我的身体。我本来可以绕过河湾走进村子,却没这样做。我在荒野上找我熟悉的一棵老榆树。连根都没有了。根挖走后留下的树坑也让风刮平了。我只好站在它站立过的那地方,像一截枯木一样,迎风张望着那个已经光秃秃的村子。

我太熟悉这里的风了。多少年前它这样吹来时,我还是个孩子。多少年后我依旧像一个孩子,怀着初次的,莫名的惊奇、惆怅和欢喜,任由它一遍遍地吹拂。它吹那些秃墙一样吹我长大硬朗的身体。刮乱草垛一样刮我的头发。抖动树叶般抖我浑身的衣服。我感到它要穿透我了。我敞开心,松开每一节骨缝,让穿过村庄的一场风,同样呼啸着穿过我。那一刻,我就像与它静静相守的另一个村庄,它看不见我。我把它的一草一木,一事一物,把所有它知道不知道的全拿走了,收藏了,它不知觉。它快变成一片一无所有的废墟和影子了,它不理识。

还有一次,我几乎走到这个村庄跟前了。我搭乘认识不久的一个朋友的汽车,到沙梁下的下闸板口村随他看亲戚。一次偶然相遇中,这位朋友听说我是沙湾县人,就问我知不知道下闸板口村,他的老表舅在这个村子里,也是甘肃人。三十年前逃荒进新疆后没了音信,前不久刚联系上。他想去看看。

我说我太熟悉那个地方了,正好我也想去一趟,可以随他同去。

　　我没告诉这个朋友我是黄沙梁人。一开始他便误认为我在沙湾县城长大，我已不太像一个农民。当车穿过那些荒野和田地，渐渐地接近黄沙梁时，早年的生活情景像泉水一般涌上心头。有几次，我险些就要忍不住说出来了，又觉得不应该把这么大的隐秘告诉一个才认识不久的人。

　　故乡是一个人的羞涩处，也是一个人最大的隐秘。我把故乡隐藏在身后，单枪匹马去闯荡生活。我在世界的任何一个地方走动、居住和生活，那不是我的，我不会留下脚印。

　　我是在黄沙梁长大的树木，不管我的权伸到哪里，枝条越过篱笆和墙，在别处开了花结了果，我的根还在黄沙梁。他们整不死我，也无法改变我。

　　他们可以修理我的枝条，砍折我的丫杈，但无法整治我的根。他们的刀斧伸不到黄沙梁。

　　我和你相处再久，交情再深，只要你没去过（不知道）我的故乡，在内心深处我们便是陌路人。

　　汽车在不停的颠簸中驶过冒着热气的早春田野，到达下闸板口村已是半下午。这是离黄沙梁最近的一个村子，相距三四里路。我担心这个村里的人会认出我。他们每个人我看着都熟悉，像那条大路那片旧房子一样熟悉。虽然叫不上名字。那时我几乎天天穿过这个村子到十里外的上闸板口村上学，村里的狗都认下我们，不拦路追咬了。

我没跟那个朋友进他老舅家。我在马路上下了车。已经没人认得我。我从村中间穿过时，碰上好几个熟人，他们看一眼我，低头走路或干活。蹿出一条白狗，险些咬住我的腿。我一蹲身，它后退了几步。再扑咬时被一个老人叫住。

"好着呢嘛，老人家。"我说。

我认识这个老人。我那时经常从他家门口过。这是一大户人家，院子很大，里面时常有许多人。每次路过院门我都朝里望一眼。有时他们也朝外看一眼。

老人家没有理我的问候。他望了一眼我，低头摸着白狗的脖子。

"黄沙梁还有哪些人？"我又问。

"不知道。"他没抬头，像对着狗耳朵在说。

"王占还在不在？"

"在呢，去年冬天见他穿个皮袄从门口过去。不过也老掉了。"他仍没抬头。

我又问了黄沙梁的一些事情，他都不知道。

那个村子经常没人，他说，尤其农忙时一连几个月听不到一点人声。也不知道在忙啥。

我走出村子，站在村后的沙梁上，久久久久地看着近在眼底的黄沙梁村。它像一堆破旧东西扔在荒野里。正是黄昏，四野里零星的人和牲畜，缓缓地朝村庄移动。到收工回家的时候了。烟尘稀淡地散在村庄上空。人说话的声音、狗叫声、开门的声音、铁锨锄头碰击的声音……听上去远远的，像远在多少年前。

我莫名地流着泪。什么时候，这个村庄的喧闹中，能再加进我的一两句声音，加在那声牛哞的后面，那个敲门声前面，或者那个母亲叫唤孩子的声音中间……

我突然那么渴望听见自己的声音，哪怕极微小的一声。

我知道它早已经不在那里。

走近黄沙梁

我一直在找一个机会回来,二十年前,当我坐在装满旧家具和柴火木头的拖拉机上,看着黄沙梁村一摇一晃远去时,我就想到了我还会回来。那时我并不知道这个小村庄对我的一生有多大意义。它像做一件泥活一样完成了我。在我像一团泥巴可以捏来塑去的那时,它把我顺手往模子里一扔,随意捣揉一番,一块叫刘二的土块便成形了。在那一刻,我还有许多重塑的机会,如果它觉得不满意,可以揉扁,洒点水,重脱一次,再重脱一次。但我知道一个村庄不会把更多的时间花在一个人身上,尽管一个人可以把一生时光耗费到村庄。可是现在不行了。土块已经变硬、成形。我再也无法成为另外一个人。甚至,无法再成为别的地方的人。尽管我以后去过许多地方,在另外的土地和人群中生活多年,它们最终没有改变我。在我对许许多多的人生目标感到无望和淡漠时,我发现自己正一步步地走近这个叫黄沙梁的村子。

我记得我们是在哗哗的落叶声里离开黄沙梁村。满天空飞着叶子，拖拉机碾起的一长溜尘土，像一面大旗向东飘扬。我记住那场风的颜色，金黄金黄。记住那些树在风中弯曲的样子，这跟每年秋天的风没什么不同。

每年秋天，我们都在一场一场的西风里，把田野上最后的一点粮食收回来，最后一片禾秆割倒，拉回家码上草垛，赶到头一场雪落下时，地里的活已全部干完，一年就算结束了。腾空的田野里除了放牲口、落雪，再没有人的事情。

只是这一次，我们在这片田野上的活彻底干完了。我们扔下几十年的生活。不知将要搬去的那地方的风会怎样地吹刮我们。拖拉机刚一出村两个妹妹便哭了。母亲一声不吭。我侧躺在车厢的最后面，面朝着村子，一把干草遮在脸上，泪水禁不住流了出来。

这是我们第二次搬家了。

应该是第三次。第一次是父母从甘肃逃荒到新疆。我从没问过母亲，从甘肃金塔县到新疆乌鲁木齐再到沙湾县城那段漫长路途中发生的事情，我相信属于母亲的记忆，迟早会传到我这里。

"到老黄渠村的第二年你就出生了，生在你父亲挖的地窝子里。进新疆时我们家四口人，你来了，又多了一口。"

早年我听母亲说起过一次。我有心没心地听着，像听一件跟自己没关系的事情。母亲说的是她自己的记忆。我还不知道那时我一睁眼看见的，和我在母亲腹中听见和感觉到的一切是什么样子。

"我们在金塔住高高的房子，到新疆住进一个挖在地下的坑洞里，里面阴冷潮湿，我还想着，我在这个黑洞洞的地窝子里能生出一个怎样的孩子。

"你在肚子里动的时候我有一种奇怪的感觉，觉得你已经懂事了，啥都知道。生你大哥时我没感到什么，生你弟弟妹妹时也没这种感觉。

"你爹给你起了小名，叫进疆子。意思是进新疆得子。后来又起了大名，里面有了个亮字。"

从我记事起村里人就叫我刘二，一直这样叫。家从老黄渠村搬到黄沙梁后还这样叫。他们叫我大哥刘大，叫我两个弟弟刘三、刘四。我知道如果我不离开黄沙梁，等我五十岁或六十岁时，他们就会叫我刘老二。

人畜共居的村庄

有时想想，在黄沙梁做一头驴，也是不错的。只要不年纪轻轻就被人宰掉，拉拉车，吃吃草，亢奋时叫两声，平常的时候就沉默，心怀驴胎，想想眼前嘴前的事。只要不懒，一辈子也挨不了几鞭。况且现在机器多了，驴活得比人悠闲，整日在村里村外溜达，调情撒欢。不过，闲得没事对一头驴来说是最最危险的事。好在做了驴就不想这些了，活一日乐一日，这句人话，用在驴身上才再合适不过。

做一条小虫呢，在黄沙梁的春花秋草间，无忧无虑地把自己短暂快乐的一生蹦跶完。虽然只看见漫长岁月悠悠人世间某一年的光景，却也无憾。许多年头都是一样的，麦子青了黄，黄了青，变化的仅仅是人的心境。

做一条狗呢？

或者做一棵树，长在村前村后都没关系，只要不开花，不是长得很直，便不会挨斧头。一年一年地活着，叶落归根，一层又一层，最后埋在自己一生的落叶里，死和活都是一番境界。

如此看来，在黄沙梁做一个人，倒是件极普通平凡的事。大不必因为你是人就趾高气扬，是狗就垂头丧气。在黄沙梁，每个人都是名人，每个人都默默无闻。每个牲口也一样。就这么小小的一个村庄，谁还能不认识谁呢？谁和谁多少不发生点关系，人也罢牲口也罢。

你敢说张三家的狗不认识你李四。它只是叫不上你的名字——它的叫声中有一句可能就是叫你的，只是你听不懂。也从不想去弄懂一头驴子，见面更懒得抬头和它打招呼。可那驴却一直惦记着你，那年它在你家地头吃草，挨过你一锨。好狠毒的一锨，你硬是让这头爱面子的驴死后不能留一张完整的好皮。这么多年它一直在瞅机会给你一蹄子呢。还有路边泥塘中的那两头猪，一上午哼哼唧唧，你敢保证它们不是在议论你家的事？猪夜夜卧在窗根，你家啥事它们不清楚。

对于黄沙梁，其实你不比一只盘旋其上的鹰看得全面，也不会比一匹老马更熟悉它的路。人和牲畜相处几千年，竟没找到一种共同语言，有朝一日坐下来好好谈谈。想必牲口肯定有许多话要对人说，尤其人之间的是是非非，牲口肯定比人看得清楚。而人，除了要告诉牲口"你必须顺从"外，肯定再不愿与牲口多说半句。

人畜共居在一个小小村庄里,人出生时牲口也出世,傍晚人回家牲口也归圈。弯曲的黄土路上,不是人跟着牲口走便是牲口跟着人走。

人踩起的尘土落在牲口身上。

牲口踩起的尘土落在人身上。

家和牲口棚是一样的土房,墙连墙窗挨窗。人忙急了会不小心钻进牲口棚,牲口也会偶尔装糊涂走进人的居室。看上去似亲戚如邻居,却又根本不是那么回事,日子久了难免会认成一种动物。

比如你的腰上总有股用不完的牛劲。你走路的架势像头公牛,腿叉得很开,走路一摇三摆。你的嗓音中常出现狗叫鸡鸣。别人叫你"瘦狗"是因为你确实不像瘦马瘦骡子。多少年来你用半匹马的力气和女人生活和爱情。你的女人,是只老鸟了还那样依人。

数年前一个冬天,你觉得有一匹马在某个黑暗角落盯你。你有点怕,它做了一辈子牲口,是不是后悔了,开始揣摩人。那时你的孤独和无助确实被一匹马看见了。周围的人,却总以为你是快乐的,像一只无忧无虑的夏虫,一头乐不知死的驴子、猪……

其实这些活物,都是从人的灵魂里跑出来的。它们没有走远,永远和人待在一起,让人从这些动物身上看清自己。而人的灵魂中,还有一大群惊世的巨兽被禁锢着,如藏龙如伏虎。它们从未像狗一样咬脱锁链,跑出人的心宅肺院。偶尔跑出来,也会被人当疯狗打了,消灭了。

在人心中活着的,必是些巨蟒大禽。

在人身边活下来的,却只有这群温顺之物了。

人把它们叫牲口,不知道它们把人叫啥。

永远欠一顿饭

　　现在我还不知道那顿没吃饱的晚饭对我今后的人生有多大影响。人是不可以敷衍自己的。尤其是吃饭，这顿没吃饱就是没吃饱，不可能下一顿多吃点就能补偿。没吃饱的这顿饭将作为一种欠缺空在一生里，命运迟早会抓住这个薄弱环节击败我。

　　那一天我忙了些什么现在一点也记不清了，只记得天黑时又饥又累回到宿舍，胡乱地啃了几口干馍便躺下了。原想休息一会儿出去好好吃顿饭，谁知一躺下便睡了过去，醒来时已经是第二天早晨。

　　我就这样给自己省了一顿饭钱。这又有什么用呢？即使今天早晨我突然暴富，腰缠千万，我也只能为自己备一顿像样点的早餐，却永远无法回到昨天下午，为那个又饿又累的自己买一盘菜、一碗汤面。过去了就是过去了。但这笔欠账却永远记在生命中。也许就因为这顿饭没吃饱，多少年后的一次劫难逃生中，我差半步没有摆脱厄运。正因为这顿没吃饱的饭,以后多少年我心虚、腿软、步履艰难,因而失去许多机遇、许多好运气,让别人抢了先。

人们时常埋怨生活,埋怨社会甚至时代。总认为是这些大环境造成了自己多舛的命运。

其实,生活中那些常被忽视的微小东西对人的作用才是最巨大的。也许正是它们影响了你,造就或毁掉了你,而你却从不知道。

你若住在城市的楼群下面,每个早晨本该照在你身上的那束阳光,被高楼层层阻隔,你在它的阴影中一个早晨一个早晨地过着没有阳光的日子。

你有一个妻子,但她不漂亮;有一个儿子,但你不喜欢他。你没有当上官,没有挣上钱,甚至没有几个可以来往的好朋友。你感觉你欠缺得太多太多,但你从没有认真地去想想,也许你真正欠缺的,正是每个早晨的那一束阳光,有了这束阳光,也许一切就都有了。

你的妻子因为每个早晨都能临窗晒会儿太阳,所以容颜光彩而亮丽,眉不萎,脸不皱,目光含情;你的儿子因为每个早晨都不在阴影里走动,所以性情晴朗可人,发育良好,没有怪僻的毛病;而你,因为每个早晨都面对蓬勃日出,久而久之,心存大志，向上进取，所以当上官，发了财。你若住在城市的高烟囱下面，那些细小的、肉眼看不见的烟灰煤粒长年累月侵蚀你，落到皮肤上，吸进肺腑里，吃到肠胃中，于是你年纪不大就得了一种病，生出一种怪脾气，见谁都生气，看啥都不顺眼，干啥都不舒服。其实，是你自己不舒服，你比别人多吃了许多煤末子，所以成了现在这个样子。

你怪领导给你穿小鞋，同事对你不尊敬，邻居对你冷眼相看，说三道四。你把这一切最终归罪于社会，怨自己生不逢时，却不知道抬头骂一句：狗日的，烟尘。它影响了你，害了你，你却浑然不觉。

人们总喜欢把自己依赖在强大的社会身上，耗费毕生精力向社会索取，而忘记了营造自己的小世界、小环境。其实，得到幸福和满足是非常容易的事情，只要你花一会儿时间，擦净窗玻璃上的尘土，你就会得到一屋子的明媚阳光，享受很多天的心情舒畅；只要稍动点手，填平回家路上的那个小坑，整个一年甚至几年你都会平平安安到家，再不会栽跟头，走在路上尽可以想些高兴的事情，想得入神，而不必担心路不平。

还有吃饭，许多人有这个条件，只要稍加操持便能美美款待自己一番。但许多人不这样去做，他们用这段时间下馆子去找挨宰，找气受，找传染病，而后又把牢骚和坏脾气带到生活中、工作中。但还是有许许多多的人懂得每顿饭对人生的重要性。他们活得仔细认真,把每顿饭都当一顿饭去吃,把每句话都当一句话去说,把每口气都当一口气去呼吸。他们不敷衍生活,生活也不敷衍他们,他们过得一个比一个好。

我刚来乌市时,有一个月时间,借住在同事的宿舍里,对门的两位女士,也跟我一样,趁朋友不在,借住几天。每天下班后,我都看到她们买回好多新鲜蔬菜,有时还买一条鱼。我见她们又说又笑地做饭,禁不住凑过去和她们说笑几句。

她们从不请我吃她们做的饭,饭做好便自顾自地吃起来,连句"吃点吧"这样的客气话也不说。也许她们压根就没把我当外人,而我还一直抱着到城市来做客的天真想法,希望有人对我客气一下。

她们多懂得爱护自己啊,她们生活的认真劲真让我感动。虽然只暂住几天,却几乎买齐了所有佐料,瓶瓶罐罐摆了一窗台,把房间和过道扫得干干净净,住到哪就把哪当成家。而我来乌市都几个月了,还四处漂泊,活得潦倒又潦草,常常用一些简单的饭食糊弄自己,从不知道扫一扫地,把被子叠得整整齐齐,总抱着一种临时的想法在生活:住几天就走,工作几年就离开,爱几个月便分……一直到生活几十年就离世。

我想,即使我不能把举目无亲的城市认作故土,也至少应该把借住的这间房子当成家,生活再匆忙,工作再辛苦,一天也要挤出点时间来,不慌不忙地做顿饭,生活中也许有许多不如意,但我可以做一顿如意的饭菜——为自己。

也许我无法改变命运,但随时改善一下生活,总是可以的。只要一顿好饭、一句好话、一个美好的想法便可完全改变人的心情,这件简单易做的事、唾手可得的幸福我都不知道去做,还追求什么大幸福呢?

最大的事情

我在野地只待一个月（在村里也就住几十年），一个月后，村里来一些人，把麦子打掉，麦草扔在地边。我们一走，不管活干没干完，都不是我们的事情了。

老鼠会在仓满洞盈之后，重选一个地方打新洞。也许就选在草棚旁边，或者草垛下面。草棚这儿地势高，干爽，适合人筑屋鼠打洞。麦草垛下面隐蔽、安全，麦秆中少不了有一些剩余的麦穗麦粒，足够几代老鼠吃。

鸟会把巢筑在草棚上，在伸出来的那截木头上，涂满白色鸟粪。

野鸡会从门缝钻进来，在我们睡觉的草铺上，生几枚蛋，留一地零乱羽毛。

这些都是给下一年来到的人们留下的麻烦事情。下一年，一切会重新开始。剩下的事将被搁在一边。如果下一年我们不来。

下下一年还不来。如果我们永远地走了，从野地上的草棚，从村庄，从远远近近的城市。如果人的事情结束了，或者人还有万般未竟的事业，但人没有了。再也没有了。

那么，我们干完的事，将是留在这个世界上的——最大的事情。

别说一座钢铁空城、一个砖瓦村落，仅仅是我们弃在大地上的一间平常的土房子，就够它们多少年收拾。草大概用五年时间，长满被人铲平踩瓷实的院子。

草根蛰伏在土里，它没有死掉，一直在土中窥听地面上的动静。一年又一年，人的脚步在院子里走来走去，时缓时快，时轻时沉。终于有一天，再听不见了。草根试探性地拱破地面，发一个芽，生两片叶，迎风探望一季，确信再没锨来铲它，脚来踩它，草便一棵一棵从土里钻出来。这片曾经是它们的土地已面目全非，且怪模怪样地耸着一间土房子。

草开始从墙缝往外长，往房顶上长。而房顶的大木梁中，几只蛀虫正悄悄干着一件大事情。它们打算用八十七年，把这棵木梁蛀空。然后房顶塌下来。与此同时，风四十年吹旧一扇门上的红油漆，雨八十年冲掉墙上的一块泥皮。

厚实的墙基里，一群蝼蚁正一小粒一小粒往外搬土。它们把巢筑在墙基里，大蝼蚁在墙里死去，小蝼蚁又在墙里出生。这个过程没有谁能全部经历，它太漫长，大概要一千八百年，墙根就彻底毁了。曾经从土里站起来，高出大地的这些土，终归又倒塌到泥土里。

但要完全抹平这片土房子的痕迹，几乎是不可能的。不管多大的风，刮平一道田埂也得一百年工夫。

人用旧扔掉的一只瓷碗，在土中埋三千年仍纹丝不变。而一根扎入土地的钢筋，带给土地的将是永久的刺痛。几乎没有什么东西能够消磨掉它。除了时间。

时间本身也不是无限的。所谓永恒，就是消磨一件事物的时间完了，这件事物还在。时间再没有时间。

扛着铁锨进城

对一个农民来说，城市像一块未曾开垦的荒地一样充满诱惑力。

十几年前，我正是怀着开垦一片新生活的美好愿望来到城市。我在一家报社打工。我发现编报跟种地没啥区别。似乎我几十年的种地生涯就是为了以后编报而做的练习。我早在土地上练过了。我把报纸当成一块土地去经营时很快便有一种重操老本行的熟练和顺手顺心。而且，感到自己又成了一个农民。面对报纸就像面对一块耕种多年的土地，首先想好种些啥，而后在版面上打几道埂子。根据行情和不同读者的品位插花地、一小块一小块种上不同的东西。像锄草一样除掉错别字，像防病虫害一样防止文章中的不良因素，像看天色一样看清当前的时态政治。如此这般，一块丰收在望的"精神食粮"便送到了千千万万的读者面前。

就这样，三个月后，我结束了试用期，开始正式打工。我编辑的文学版、文化版也受到读者的喜欢和认可。

这次小小的成功极大地鼓励和启发了我，它使我意识到我的肩上始终扛着一把无形的铁锹，在我茫然无措，流浪汉一样沿街漂泊的那段日子，我竟忘了使用它。

记得有一个晚上，我梦见自己扛一把铁锹背着半袋种子走在寂静的街道上，我在找一块地。人群像草一样在街上连片地荒芜着，巨石般林立的楼房挤压在土地上，我从城市的一头流浪到另一头，找不到一块可耕种的土地。最后我跑到广场，掀开厚厚的水泥板块，翻出一小块土地来，胡乱地撒了些种子，便贼一样地溜了回去。

醒来后我下意识地摸了摸肩膀，我知道扛了多年的那把铁锹还在肩上。我庆幸自己没有彻底扔掉它。经过几个月浮躁不安的城市生活，我发现生活并没有发生多大的变化。原以为自己来到了一个完全陌生的地方，静下来仔细看一看、想一想，城市不过是另一个村庄。城里发生的一切在乡下也一样地发生着，只不过形式不同罢了——我握过铁锹的那只粗壮黑硬的手，如今换成了细皮白嫩甚至油腻的手。

我在土墙根在田间地头与一伙农人的吹牛聊天，现在换成了在铺着地毯的会议室，一盘水果、几瓶饮料和一群文人商客的闲谝。我时常踩入低矮土屋、牛圈、马棚的这双脚,如今踏入了豪华酒店、歌舞厅——我并没有换鞋。我鞋底的某个缝隙中,还深藏着一块干净的乡下泥土,我不会轻易抠出它,这是我的财富。

每个人都用一件无形的工具在对付着生活和世界。人们从各自的角角落落涌进城市。每个人都不自觉地携带着他使唤顺手的一件工具在干着完全不同的活。只是他自己不察觉。而我呢,是扛着铁锨——这件简单实用的农具在从事我的非农业的工作和业务。

我的同事常说我能干,他们不知道我有一件好使的工具——铁锨是劳动人民的专用工具,它可以铲、可以挖、可以剁,万不得已时还可当武器抡、砍,但是使唤惯铁锨的人,无论身居何处,他们共同热爱的东西是:劳动。对一个农民来说,城市的确是一片荒地,你可以开着车,拿着大哥大招摇过市,我同样能扛着铁锨走在人群里——这像走在自己的玉米地里一样,种点自己想种的东西。

上月回家,父亲问我在城里行不行,不行就回来种地,地给你留着呢。走时还一再嘱咐我:到城里千万小心谨慎,不能像在乡下一样随意,更不要招惹城里人。

我说:我扛着锨呢,怕啥。

通往田野的小巷

顺着一条巷子往前走，经过铁匠铺、馕坑、烧土陶的作坊，不知不觉地，便进入一片果园或苞谷地。八九月份，白色、红色的桑葚斑斑点点熟落在地。鸟在头顶的枝叶间鸣叫，巷子里的人家静悄悄的。很久，听见一辆毛驴车的声音，驴蹄嘀嗒嘀嗒地点踏过来，毛驴小小的，黑色，白眼圈，宽长的车排上铺着红毡子，上搭红布凉棚。赶车的多为小孩和老人，坐车的，多是些丰满漂亮的女人，服饰艳丽，爱用浓郁香水，一路过去，留香数里，把鸟的头都熏晕了。如果不是巴扎日（集市），老城的热闹仅在龟兹古渡两旁，饭馆、商店、清真寺、手工作坊，以及桥上桥下的各种民间交易。这一块是库车老城跳动不息的古老心脏，它的头是昼夜高昂的清真大寺，它的手臂背在身后，双腿埋在千年尘土里，不再迈动半步。

库车城外的田野更像田野，田地间野草果树杂生。不像其他地方的田野，是纯粹的庄稼世界。

在城郊乌恰乡的麦田里，芦苇和种类繁多的野草，长得跟麦子一样旺势。高大的桑树、杏树耸在麦田中间。白杨树挨挨挤挤围拢四周，简直像一个植物乐园。桑树、杏树虽高大繁茂，却不欺麦子。它的根直扎下去，不与麦子争夺地表层的养分。在它的庞大树冠下，麦子一片油绿。

库车农民的生活就像他们的民歌一样缓慢悠长。那些毛驴，一步三个蹄印地走在千年乡道上，驴车上的人悠悠然然，再长的路、再要紧的事也是这种走法。不管太阳什么时候出来，又什么时候落山。田地里的杂草，就在他们的缓慢与悠然间，生长出来，长到跟麦子一样高，一样结饱籽粒。

在这片田野里，一棵草可以放心地长到老而不必担心被人铲除。一棵树也无须担忧自己长错位置，只要长出来，就会生长下去。人的粮食和毛驴爱吃的杂草长在同一块地里。鸟在树枝上做窠，在树下的麦田捉虫子吃，有时也啄食半黄的麦粒，人睁一眼闭一眼。库车的麦田里没有麦草人，鸟连真人都不怕，敢落到人的帽子上，敢把窝筑在一伸手就够到的矮树枝上。

一年四季，田野的气息从那些弯曲的小巷吹进老城。杏花开败了，麦穗扬花。桑子熟落时，葡萄下架。靠农业养活，以手工谋生的库车老城，它的每一条巷子都通往果园和麦地。沿着它的每一条土路都走回到过去。毛驴车，这种古老可爱的交通工具，悠悠晃晃，载着人们，在这块绿洲上，一年年地原地打转，永远跑不快，跑不了多远。也似乎不需要跑多快多远。

不远的绿洲之外，是荒无人烟的戈壁沙漠。

卷五

寒风吹彻

今生今世的证据

我走的时候，还不懂得怜惜曾经拥有的事物，我们随便把一堵院墙推倒，砍掉那些树，拆毁圈棚和炉灶，我们想它没用处了。我们搬去的地方会有许多新东西。一切都会再有的，随着日子一天天好转。

我走的时候还不知道向那些熟悉的东西去告别，不知道回过头说一句：草，你要一年年地长下去啊。土墙，你站稳了，千万不能倒啊。房子，你能撑到哪一年就强撑到哪一年，万一你塌了，可千万把破墙圈留下，把朝南的门洞和窗口留下，把墙角的烟道和锅头留下，把破瓦片留下，最好留下一小块泥皮，即使墙皮全脱落，也在不经意的、风雨冲刷不到的那个墙角上，留下巴掌大的一小块吧，留下泥皮上的烟垢和灰，留下划痕、朽在墙中的木橛和铁钉，这些都是我今生今世的证据啊。

我走的时候，还不知道曾经的生活有一天，会需要证明。

有一天会再没有人能够相信过去。我也会对以往的一切产生怀疑。那是我曾有过的生活吗？我真看见过地深处的大风？更黑，更猛，朝着相反的方向，刮动万物的骨骸和根须。我真听见过一只大鸟在夜晚的叫声？整个村子静静的，只有那只鸟在叫。我真沿那条黑寂的村巷仓皇奔逃？背后是紧追不舍的瘸腿男人，他的那条好腿一下一下地捣着地。我真有过一棵自己的大榆树？真的有一根拴牛的榆木桩，它的横杈直端端指着我们家院门，找到它我便找到了回家的路。还有，我真沐浴过那样恒久明亮的月光？它一夜一夜地已经照透墙、树木和道路，把银白的月辉浸渗事物的背面。在那时候，那些东西不转身便正面背面都领受到月光，我不回头就看见了以往。

现在，谁还能说出一棵草、一根木头的全部真实。谁会看见一场一场的风吹旧墙、刮破院门，穿过一个人慢慢松开的骨缝，把所有的风声留在他的一生中。

这一切，难道不是一场一场的梦？如果没有那些旧房子和路，没有扬起又落下的尘土，没有与我一同长大仍旧活在村里的人、牲畜，没有还在吹刮着的那一场一场的风，谁会证实以往的生活——即使有它们，一个人内心的生存谁又能见证。

我回到曾经是我的现在已成别人的村庄。只几十年工夫，它变成另一个样子。尽管我早知道它会变成这样——许多年前他们往这些墙上抹泥巴、刷白灰时，我便知道这些白灰和泥皮迟早会脱落得一干二净。他们打那些土墙时我便清楚这些墙最终会回到土里——他们挖墙边的土，一截一截往上打墙，还喊着打夯的号子，让远远近近的人都知道这个地方在打墙盖房子。墙打好后每堵墙边都留下一个坑，墙打得越高坑便越大越深。他们也不填它，顶多在坑里栽几棵树，那些坑便一直在墙边等着，一年又一年，那时我就知道一个土坑漫长等待的是什么。

但我却不知道这一切面目全非、行将消失时，一只早年间日日以清脆嘹亮的鸣叫唤醒人们的大红公鸡、一条老死窝中的黑狗、每个午后都照在（已经消失的）门框上的那一缕夕阳……是否也与一粒土一样归于沉寂。还有，在它们中间悄无声息度过童年、少年、青年时光的我，他的快乐、孤独、无人感知的惊恐与激动……对于今天的生活，它们是否变得毫无意义。

当家园废失，我知道所有回家的脚步都已踏踏实实地迈上了虚无之途。

风把人刮歪

刮了一夜大风。我在半夜被风喊醒。风在草棚和麦垛上发出恐怖的怪叫,像女人不舒畅的哭喊。这些突兀地出现在荒野中的草棚麦垛,绊住了风的腿,扯住了风的衣裳,缠住了风的头发,让它追不上前面的风。它撕扯,哭喊。喊得满天地都是风声。

我把头伸出草棚,黑暗中隐约有几件东西在地上滚动,滚得极快,一晃就不见了。是风把麦捆刮走了。我不清楚刮走了多少,也只能看着它刮走。我比一捆麦子大不了多少,一出去可能就找不见自己了。风朝着村子那边刮。如果风不在中途拐弯,一捆一捆的麦子会在风中跑回村子。明早村人醒来,看见一捆捆麦子躲在墙根,像回来的家畜一样。

每年都有几场大风经过村庄。风把人刮歪,又把歪长的树刮直。风从不同方向来,人和草木,往哪边斜不由自主。能做到的只是在每一场风后,把自己扶直。一棵树在各种各样的风中变得扭曲，古里古怪。你几乎可以看出它沧桑躯干上的哪个弯是南风吹的，哪个拐是北风刮的。但它最终高大粗壮地立在土地上，无论南风北风都无力动摇它。

我们村边就有几棵这样的大树，村里也有几个这样的人。我太年轻，根扎得不深，躯干也不结实，担心自己会被一场大风刮跑，像一棵草一片树叶，随风千里，飘落到一个陌生地方。也不管你喜不喜欢，愿不愿意，风把你一扔就不见了。你没地方去找风的麻烦，刮风的时候满世界都是风，风一停就只剩下空气。天空若无其事，大地也像什么都没发生。只有你的命运被改变了，莫名其妙地落在另一个地方。你只好等另一场相反的风把自己刮回去。可能一等多年，再没有一场能刮起你的大风。你在等待飞翔的时间里不情愿地长大，变得沉重无比。

去年，我在一场东风中，看见很久以前从我们家榆树上刮走的一片树叶，又从远处刮回来。它在空中翻了几个跟头，摇摇晃晃地落到窗台上。那场风刚好在我们村里停住，像是猛然刹住了车。许多东西从天上往下掉，有纸片——写字的和没写字的纸片、布条、头发和毛，更多的是树叶。我在纷纷下落的东西中认出了我们家榆树上的一片树叶。我赶忙抓住它，平放在手中。这片叶的边缘已有几处损伤，原先背阴的一面被晒得有些发白——它在什么地方经受了什么样的阳光。另一面粘着些褐黄的黏土。

我不知道它被刮了多远又被另一场风刮回来，一路上经过了多少地方，这些地方都是我从没去过的。它飘回来了，这是极少数的一片叶子。

风是空气在跑。一场风一过，一个地方原有的空气便跑光了，有些气味再闻不到，有些东西再看不到——昨天弥漫村巷的谁家炒菜的肉香。昨晚被一个人独享的女人的体香。下午晾在树上忘收的一块布。早上放在窗台上写着几句话的一张纸。风把一个村庄酝酿许久的、被一村人吸进呼出弄出特殊味道的一窝子空气，整个地搬运到百里千里外的另一个地方。

每一场风后，都会有几朵我们不认识的云，停留在村庄上头，模样怪怪的，颜色生生的，弄不清啥意思。短期内如果没风，这几朵云就会一动不动赖在头顶，不管我们喜不喜欢。我们看顺眼的云，在风中跑得一朵都找不见。

风一过，人忙起来，很少有空看天。偶尔看几眼，也能看顺眼，把它认成我们村的云，天热了盼它遮遮阳，地旱了盼它下点雨。地果真就旱了，一两个月没水，庄稼一片片蔫了。头顶的几朵云，在村人苦苦的期盼中果真有了些雨意，颜色由雪白变铅灰再变墨黑。眼看要降雨了，突然一阵北风，这些饱含雨水的云跌跌撞撞，飞速地离开村庄，在荒无人烟的南梁上，哗啦啦下了一夜雨。

我们望着头顶腾空的晴朗天空，骂着那些养不乖的野云。第二天全村人开会，做了一个严厉的决定：以后不管南来北往的云，一律不让它在我们村庄上头停，让云远远滚蛋。我们不再指望天上的水，我们要挖一条穿越戈壁的长渠。

那一年村长是胡木，我太年轻，整日缩着头，等待机会来临。

各种各样的风经过了村庄。屋顶上的土，吹光几次，住在房子里的人也记不清楚。无论南墙北墙东墙西墙都被风吹旧，也都似乎为一户户的村人挡住了南来北往的风。有些人不见了，更多的人留下来。

什么留住了他们。

什么留住了我。

什么留住了风中的麦垛。

如果所有粮食在风中跑光，所有的村人，会不会在风停之后远走他乡，留一座空荡荡的村庄。

早晨我看见被风刮跑的麦捆，在半里外，被几棵铃铛刺拦住。

这些一墩一墩、长在地边上的铃铛刺，多少次挡住我们的路，剐烂手和衣服，也曾多少次被我们的镢头连根刨除，堆在一起一把火烧掉。可是第二年它们又出现在那里。

我们不清楚铃铛刺长在大地上有啥用处。它浑身的小小尖刺,让企图吃它的嘴,折它的手和践它的蹄远离之后,就闲闲地端扎着,刺天空,刺云,刺空气和风。现在它抱住了我们的麦捆,没让它在风中跑远。我第一次对铃铛刺深怀感激。

也许我们周围的许多东西,都是我们生活的一部分,生命的一部分,关键时刻挽留住我们。一株草,一棵树,一片云,一只小虫……它替匆忙的我们在土中扎根,在空中驻足,在风中浅唱……

任何一株草的死亡都是人的死亡。

任何一棵树的夭折都是人的夭折。

任何一只虫的鸣叫也是人的鸣叫。

寒风吹彻

　　雪落在那些年雪落过的地方，我已经不注意它们了。比落雪更重要的事情开始降临到生活中。三十岁的我，似乎对这个冬天的来临漠不关心，却又一直在倾听落雪的声音，期待着又一场雪悄无声息地覆盖村庄田野。

　　我静坐在屋子里，火炉上烤着几片馍馍，一小碟咸菜放在炉旁的木凳上，屋里光线暗淡。许久以后我还记起我在这样的一个雪天，围抱火炉，吃咸菜啃馍馍，想着一些人和事情，想得深远而入神。柴火在炉中啪啪地燃烧着，炉火通红，我的手和脸都烤得发烫了，脊背却依旧凉飕飕的。寒风正从我看不见的一道门缝吹进来。冬天又一次来到村里，来到我的家。我把怕冻的东西一一搬进屋子，糊好窗户，挂上去年冬天的棉门帘，寒风还是进来了。它比我更熟悉墙上的每一道细微裂缝。

　　就在前一天，我似乎已经预感到大雪来临。我劈好足够烧半个月的柴火，整齐地码在窗台下。把院子扫得干干净净，无意中像在迎接一位久违的贵宾——把生活中的一些事情扫到一边，腾出一片干净的地方来让雪落下。下午我还走出村子，到田野里转了一圈。我没顾上割回来的一地葵花秆，将在大雪中站一个冬天。每年下雪之前，我都会发现有一两件顾不上干完的事而被搁一个冬天。冬天，有多少人放下一年的事情，像我一样用自己那只冰手，从头到尾地抚摸自己的一生。

屋子里更暗了，我看不见雪。但我知道雪在落，漫天地落。落在房顶和柴垛上，落在扫干净的院子里，落在远远近近的路上。我要等雪落定了再出去。我再不像以往，每逢第一场雪，都会怀着莫名的兴奋，站在屋檐下观看好一阵，或光着头钻进大雪中，好像有意要让雪知道世上有我这样一个人，却不知道寒冷早已盯住了自己活蹦乱跳的年轻生命。

经过许多个冬天，我才渐渐明白自己再躲不过雪，无论我蜷缩在屋子里，还是远在冬天的另一个地方，纷纷扬扬的雪，都会落在我正经历的一段岁月里。当一个人的岁月像荒野一样敞开时，他便再也无法照管好自己。

就像现在，我紧围着火炉，努力想烤热自己。我的一根骨头，却露在屋外的寒风中，隐隐作痛。那是我多年前冻坏的一根骨头，我再不能像捡一根牛骨头一样，把它捡回到火炉旁烤热。

它永远地冻坏在那段天亮前的雪路上了。

那个冬天我十四岁,赶着牛车去沙漠里拉柴火。那时一村人都靠长在沙漠里的梭梭柴取暖过冬。因为不断砍挖,有柴火的地方越来越远,往往要用一天半的时间才能拉回一车柴火。每次去拉柴火,都是母亲半夜起来做好饭,装好水和馍馍,然后叫醒我。有时父亲也会起来帮我套好车。我对寒冷的认识是从那些夜晚开始的。

牛车一走出村子,寒冷便从四面八方拥围而来,把我从家里带出的那点温暖搜刮得一干二净,浑身上下只剩下寒冷。

那个夜晚并不比其他夜晚更冷。

只是我一个人赶着牛车进沙漠。以往牛车一出村,就会听到远远近近的雪路上其他牛车的走动声,赶车人隐约的吆喝声。只要紧赶一阵路,便会追上一驾或好几驾去拉柴的牛车,一长串,缓行在铅灰色的冬夜里。那种夜晚天再冷也不觉得。因为寒风在吹好几个人,同村的、邻村的、认识和不认识的好几驾牛车在这条夜路上抵挡着寒冷。

而这次,一夜的寒风吹着我一个人。似乎寒冷把其他一切都收拾掉了。现在全部地对付我。

我掖紧羊皮大衣,一动不动地趴在牛车里,不敢大声吆喝牛,免得让更多的寒冷发现我。从那个夜晚开始我懂得了隐藏温暖——在凛冽的寒风中,身体中那点温暖正一步步退守到一个隐秘得连我自己都难以找到的深远处——我把这点隐深的温暖节俭地用于此后多年的爱情和生活。我的亲人们说我是个很冷的人,不是的,我把仅有的温暖全给了你们。

许多年后有一股寒风,从我自以为火热温暖的、从未被寒冷浸入的内心深处阵阵袭来时,我才发现穿再厚的棉衣也没用了。生命本身有一个冬天,它已经来临。

天亮后,牛车终于到达有柴火的地方。我的一条腿却被冻僵了,失去了感觉。我试探着用另一条腿跳下车,拄着一根柴火棒活动了一阵,又点了一堆火烤了一会儿,勉强可以行走了,腿上的一块骨头却生疼起来,是我从未体验过的一种疼,像一根根针刺在骨头上又狠命往骨髓里钻——这种疼感一直延续到以后所有的冬天以及夏季里阴冷的日子。

太阳落地时,我装着半车柴火回到家里,父亲一见就问我:"怎么拉了这点柴,不够两天烧的。"我没吭声。也没向家里说腿冻坏的事。

我想很快会暖和过来。

那个冬天要是稍短些,家里的炉火要是稍旺些,我要是稍把这条腿当回事,或许我能暖和过来。可是现在不行了。隔着多少个季节,今夜的我,围抱火炉,再也暖不热那个遥远冬天的我;

那个在上学路上不慎掉进冰窟窿，浑身是冰往回跑的我；那个跺着冻僵的双脚，捂着耳朵在一扇门外焦急等待的我……我再不能把他们唤回到这个温暖的火炉旁。我准备了许多柴火，是准备给这个冬天的。我才三十岁，肯定能走过冬天。

但在我的周围，肯定有个别人不能像我一样度过冬天。他们被留住了。冬天总是一年一年地弄冷一个人，先是一条腿、一块骨头、一副表情、一种心境……而后是整个人生。我曾在一个寒冷的早晨，把一个浑身结满冰霜的路人让进屋子，给他倒了一杯热茶。那是个上了年纪的人，身上带着许多个冬天的寒冷，当他坐在我的火炉旁时，炉火须臾间变得苍白。我没有问他的名字，在火炉的另一边，我感觉到迎面逼来的一个老人的透骨寒气。

他一句话不说。我想他的话肯定全冻硬了，得过一阵才能化开。

大约坐了半个时辰，他站起来，朝我点了一下头，开门走了。我以为他暖和过来了。

第二天下午，听人说村西边冻死了一个人。我跑过去，看见这个上了年纪的人躺在路边，半边脸埋在雪中。

我第一次看到一个人被冻死。

我不敢相信他已经死了。他的生命中肯定还深藏着一点温暖，只是我们看不见。一个人最后的微弱挣扎我们看不见，呼唤和呻吟我们听不见。

我们认为他死了。彻底地冻僵了。

他的身上怎么能留住一点点温暖呢？靠什么去留住？他的烂了几个洞、棉花露在外面的旧棉衣？底快磨通、一边帮已经脱落的那双鞋？还有，他多少个冬天积累起来的彻骨寒冷？

落在一个人一生中的雪，我们不能全部看见。每个人都在自己的生命中，孤独地过冬。我们帮不了谁。我的一小炉火，对这个贫寒一生的人来说，显然微不足道。他的寒冷太巨大。

我有一个姑妈，住在河那边的村庄里，许多年前的那些个冬天，我们兄弟几个常走过封冻的玛河去看望她。每次临别前，姑妈总要说一句：天热了让你妈过来喧喧。

姑妈年老多病，总担心自己过不了冬天。天一冷她便足不出户，偎在一间矮土屋里，抱着火炉，等待春天来临。

一个人老的时候，是那么渴望春天来临。尽管春天来了她没有一片要抽芽的叶子，没有半瓣要开放的花朵。春天只是来到大地上，来到别人的生命中。但她还是渴望春天，她害怕寒冷。

我一直没有忘记姑妈的这句话，也不止一次地把它转告给母亲。母亲只是望望我，又忙着做她的活。母亲不是一个人在过冬，她有五六个没长大的孩子，她要拉扯着他们度过冬天，不让一个孩子受冷。她和姑妈一样期盼着春天。

天热了，母亲会带着我们，蹚过河，到对岸的村子里看望姑妈。姑妈也会走出蜗居一冬的土屋，在院子里晒着暖暖的太阳和我们说说笑笑……多少年过去了，我们一直没有等到这个春天。好像姑妈那句话中的"天"一直没有热。

姑妈死在几年后的一个冬天。我回家过年，记得是大年初四，我陪着母亲沿一条即将解冻的马路往回走。母亲在那段路上告诉我姑妈去世的事。她说："你姑妈死掉了。"

母亲说得那么平淡，像在说一件跟死亡无关的事情。

"怎么死的？"我似乎问得更平淡。

母亲没有直接回答我。她只是说："你大哥和你弟弟过去帮助料理了后事。"

此后的好一阵，我们再没说话，只顾静静地走路。快到家门口时，母亲说："天热了。"

我抬头看了看母亲，她的身上散着热气，或许是走路的缘故，不过天气真的转热了。对母亲来说，这个冬天已经过去了。

"天热了让你妈过来喧喧。"我又想起姑妈的这句话。这个春天再不属于姑妈了。她熬过了许多个冬天还是被这个冬天留住了。我想起奶奶也是死在多年前的冬天。母亲还活着。我们在世上的亲人会越来越少。我告诉自己，不管天冷天热，我都常过来和母亲坐坐。

母亲拉扯大她的七个儿女。她老了。我们长高长大的七个儿女，或许能为母亲挡住一丝的寒冷。每当儿女们回到家里，母亲都会特别高兴，家里也顿添热闹的气氛。

但母亲斑白的双鬓分明让我感到她一个人的冬天已经来临，那些雪开始不退、冰霜开始不融化——无论春天来了，还是儿女们的孝心和温暖备至。

随着三十年的人生距离，我感受着母亲独自在冬天的透心寒冷。我无能为力。

雪越下越大。天彻底黑透了。

我围抱着火炉，烤热漫长一生的一个时刻。我知道这一时刻之外，我其余的岁月，我的亲人们的岁月，远在屋外的大雪中，被寒风吹彻。

我另外的一生已经开始

　　我说不出有四个孩子那户人家的穷。他们垒在库车河边的矮小房子，萎缩地挤在同样低矮的一片民舍中间。家里除了土炕上半片烂毡和炉子上一只黑黑的铁皮茶壶，再什么都没有。没有地，没有果园，没有生意。四个未成年的孩子，大的十二三岁，小的几岁，都待在家里。母亲病恹恹的样子，父亲偶尔出去打一阵零工。我不知道他们怎么生活。快中午了，那座冷冷的炉子上会做出怎样一顿饭食，他们的粮食在哪里？

　　我同样说不出坐在街边那个老人的孤独，他叫阿不利孜，是亚哈乡农民。他说自己是挖坎土曼的人，挖了一辈子，现在没劲了。村里把他当"五保户"，每月给一点口粮，也够吃了，但他不愿待在家等死，每个巴扎日他都上老城来。他在老城里有几个"关系户"，隔些日子他便去那些人家走一趟，他们好赖都会给他一些东西：一块馕、几毛钱、一件旧衣服。更多时候他坐在街边,一坐大半天,看街上赶巴扎的人,听他们吆喝、讨价还价。看着看着他瞌睡了,头一歪睡着。他对我说,小伙子,你知道不知道,死亡就是这个样子,他们都在动,你不动了。你还能看见他们在动,一直地走动,却没有一个人走过来,喊醒你。

这个老人把死亡都说出来了,我还能说些什么。

我只有不停地走动。在我没去过的每条街每个巷子里走动。我不认识一个人,又好似全都认识。那些叫阿不都拉、买买提、古丽的人,我不会在另外的地方遇见。他们属于这座老城的陈旧街巷。他们低矮得都快碰头的房子、没打直的土墙、在尘土中慢慢长大却永远高不过尘土的孩子。我目光平静地看着这些时,的确心疼着在这种不变的生活中耗掉一生的人们。我知道我比他们生活得要好一些,我的家景看上去比他们富裕。我的孩子穿着漂亮干净的衣服在学校学习,我的妻子有一份收入不菲的体面工作,她不用为家人的吃穿发愁。

可是,当我坐在街边,啃着买来的一块馕,喝着矿泉水,眼望走动的人群时,我知道我和他们是一样的,尘土一样多地落在我身上。我什么都不想,有一点饥饿,半块馕就满足了。有些瞌睡,打个盹又醒了。这个时刻一直地延长下去,我也可以和他们一样,在老城的缓慢光阴中老去。我的孩子一样会光着脚,在厚厚的尘土中奔来跳去,她的欢笑一点不会比现在少。我能让这个时刻一直地延长下去吗？

这一刻里我另外的一生仿佛已经开始。我清楚地看见另一种生活中的我自己：眼神忧郁，满脸胡须，背有点驼。名字叫亚生，或者买买提，是个木工，打馕师傅，或者是铁匠，会一门不好不坏的手艺。年轻时靠力气，老了靠技艺。

我打的镰刀把多少个夏天的麦子割掉了，可我，每年挣的钱刚够吃饱肚子。我没有钱让我的女儿上学，没有钱给她买漂亮合身的衣服。她的幸福在哪里我不知道，她长大，我长老。等她长大了还要在这条老街上寻食觅吃，等我长老了我依旧一无所有。

你看，我的腿都跑坏了还是找不到一个好的归宿，我的手指都变僵硬了还没挣下一点养老的粮食。我会把手艺传给女儿，教她学打铁，像吐迪家的女铁匠一样，打各种精巧耐用的铁器，挂在墙上等人来买。我不知道她是否喜欢这种叮叮当当的生活，不喜欢又能去做什么。

如果我什么手艺都没有，我就教她最简单简朴的生活，像巴扎上那些做小买卖的妇女，买一把香菜，分成更小的七八把，一毛钱一把地卖，挣几毛算几毛。重要的是我想教会她快乐。我留下贫穷，让她继承；留下苦难，让她承担。我没留下快乐，她要学会自己寻找，在最简单的生活中找到快乐，把自己漫长的一生度过。

我不知道这种日子的尽头是什么。我的孩子，没人教她自己学会舞蹈，快乐的舞蹈、忧伤的舞蹈。在土街土巷里跳，在果园葡萄架下跳。没有红地毯也要跳，没有弹拨伴奏也要跳。学会唱歌，把快乐唱出来，把忧伤唱出来，唱出祖祖辈辈的梦想。如果我们的幸福不在今生，那它一定会在来世。我会教导我的孩子去信仰。我什么都没留下，如果再不留给她信仰，她靠什么去支撑漫长一生的向往。

如果我死了——不会有什么大事，只是一点小病，我没钱去医治，一直拖着，小病成大病，早早地把一生结束了，那时我的女儿才十几岁，像我在果园小巷遇到那个叫古丽莎的女孩一样，她十二岁没有了父亲，剩下母亲和一个妹妹。她从那时起辍学打工，学钉箱子。开始每月挣几十块钱，后来挣一百多块，现在她十七岁了，已经是一个技艺娴熟的制箱师傅，一家人靠她每月二百五十元到三百元的收入维持生活。

古丽莎长得清秀好看，一双水灵的大眼睛里，闪烁着她这个年龄女孩子少有的忧郁。那个下午，我坐在她身旁，看她熟练地把铜皮包在木箱上，又敲打出各种好看的图案。我听她说家里的事：母亲身体不好，一直待在家，妹妹也辍学了，给人家当保姆。我问一句，古丽莎说一句，我不问她便低着头默默干活，有时抬头看我一眼。我不敢看她的眼睛，那个时刻，我就像她早已过世的父亲，羞愧地低着头，看着她一天到晚地干活，小小年纪就累弯了腰，细细的手指变得粗糙。我在心里深深地心疼着她，又面含微笑，像另外一个人。

如果我真的死了，像经文中说的那样，我会坐在一颗闪亮的星宿上，远远地望着我生活过的地方，望着我在尘土中劳忙的亲人。那时，我应该什么都可以说出来，一切都能够说清楚。可是，那些来自天上的声音，又是多么的遥远模糊。

那个让我飞起来的梦

我年少时常做噩梦,在梦中被人追赶,仓皇逃跑。

我在《一个人的村庄》中写过这个梦境,我被一个瘸腿男人追赶,在暗夜里奔逃,四处躲藏,我躲在柴垛后面、破墙头后面、水渠后面,都被他找到。我在这样的逃跑中一次次地经过我家院子,看见院门半掩,我竟不往家里躲藏,似乎我怕让后面的追赶者知道我的家。我在惊慌奔跑中逐渐地远离家,远离村子,眼前是无尽的荒野。

在这个被我写出来的梦中,我最后逃到了城市,以为那个瘸腿男人不会再追来,可是,他竟然追到我在城市的梦中。在更多的没有被我写出来的噩梦中,后面追我的人却越来越近,我恐惧万分,腿被拖住,怎么也跑不快,眼看被追上了,我大声喊叫,有时能喊出声音,有时喊不出声音,只是惊恐地大张着嘴。那个黑暗中大张嘴的面孔我无法想象。而就在这时,突然地,我飞起来了。

我一直在想,那个让我在噩梦中一次次地飞起来的东西,到底是什么。

当我从极度恐惧危险中突然脱离地面飞起来时,我看见追我的人没有飞起来,他被我甩掉了。如果他也能飞起来,追到天上,我便再无处逃了。可是,那些梦没有给他飞的能力。也可以说,尽管我做了一个噩梦,但那个梦里追我的人,没有像我一样有飞的能力。

我从来没有细想这个梦的意义,这样的噩梦伴随着成长,也没有把它当一回事。毕竟只是梦,影响不到醒来的生活。我也曾经问过一些人,在他们青春时有无做过这样的梦。很多人都说有过被人追赶的噩梦,但不记得或不明确会不会在梦里飞。我问,当你在那个噩梦中眼看被追上,你怎么办?他说,惊醒呗。醒来就没事了。

当然,醒来是一个解决噩梦的办法,当梦中发生不能承受的惊恐时,及时让自己醒来,似乎是一个选择,梦里的危害不会延到醒。醒是梦的结束。无论多坏多好的梦,眼睛一睁都消失了。在这里,现实世界的醒来,成为躲避噩梦的安全岛,梦中再大的伤害,都不能延至醒后。对于大多数人,能从噩梦中醒来,是一件多么庆幸的事情。

但是，还有一种解脱噩梦的方式，不是从梦中醒来，而是直接飞起来。这是一个更好的办法，它把梦中的危害在梦里解决了，没有带到醒来的现实中。而且，一旦在梦中飞起来，一切都瞬间反转过来，地上的惧怕不在了，你明确地知道，追赶者不会追到天上。这样的梦可以做到天亮，睡眠可以安稳地延至天亮。

不让噩梦惊搅和中断睡眠，把梦中的不测在梦里解决，一个飞起来的梦，一种在梦中飞翔的能力，是做梦者的天赋，还是上苍给所有梦的配置？

现在我还清晰地记得，我在梦中飞起来的感觉——地上的恐惧和重负突然放下，脱身开来，轻松和释然瞬间回到心中。我还记得我在空中飞翔的样子——我脸朝下，双臂张开，像一只大鸟一样展开翅膀。

有时我会变换花样，一只手臂张开，另一只并在身旁，我用一只翅膀飞。有时，我会把一只腿弯曲，翘起来，像飞机的尾翼一样高耸。我还记得在我身下，是迅速往后飘移的荒野和村庄，而头顶，则是漫天繁星，挨得很近，仿佛我加入它们中间。

随着年岁日增，我逐渐地记不清晚上做的梦，夜变成了真正的黑夜，我再看不见睡着后的自己。以前那样的夜晚再长再黑，梦毕竟是亮的，让我知道自己在睡着后都干了些什么。记不清楚的梦，是被黑夜吞噬的梦。但我知道自己依然在做梦，在梦中笑、哭、惊叫。只是不清楚那些梦里我遭遇了什么。

曾经有一段时间，我再不做那个被人追赶的梦，我以为是自己长大了，梦里追赶我的人，也知道我长大了。我还想着，要是在一个梦里我被人追赶，我一定不逃跑，而是转过身，看着那人走近，认出他是谁。

多少年来我都不知道那个梦中追我的人是谁，我不敢回头看。成年给了我足够的勇气和力气，一旦我在梦中遇见他，我会一拳打在他脸上，让他知道我的厉害，以后无论何时都再不敢靠近我。可是，我在梦中似乎从来没有长大过，我依旧会做噩梦，只是次数少了。

再后来，做梦的次数越来越少时，我知道好多梦其实被我忘记了。我才又想到，遗忘也是对付噩梦的一个办法，不管我在长夜的梦中遭受什么，我都不记得它。或许那样的梦里，我依旧在飞，但我忘记了。或许我在梦里早不会飞了，我的梦也早已世故地认为我没有飞的能力，不安排我天真地飞翔了。

可是，我的醒却越来越相信了自己飞翔的能力。当我在写《一个人的村庄》、写《虚土》、写刚出版的这部灵光闪烁的《捎话》时，我知道自己在飞，在我的文字里飞。

这些文字负载土地上的惊恐、苦难、悲欣、沉重，拖尘带土，朝天飞翔。那个在少年的噩梦中一次次让我飞起来的能力，成就了我的文学，我从那里获取了飞起来的翅膀和力量。

文学是教人飞翔的艺术。

也许每一种生活，都有一种文学的拯救方式，就像那些被魇住的梦，得到了解脱。文学，解决不了现实生活的问题。文学只解决文学问题。文学不是文案，需要我们照着去实现。文学只是我们对现实生活的想法，而不是做法和办法。但是，正因为文学是一个想法，这些想法本身，却为生活打开了无数的窗口，这个虚构世界的阳光，有时竟可以把现实世界的黑夜照亮。

我们失去了和自然交流的语言

不久前我在鄯善迪坎儿村,见一大棵梭梭树长在路旁。我从小认识梭梭,见了亲切得很,就像看见一个亲人站在那儿。我对这个村庄也一下有了兴趣。一棵本来只能当烧柴的梭梭,在村里枝条完好地长了这么多年,一直长到老,谁在护着它呢?迪坎儿村紧挨沙漠,走进一户人家,门前一渠沟水流,葡萄藤蔓覆盖了整个院落。转到屋后,发现后墙已经被流沙掩埋掉大半,沙漠从这户人家的后墙根,一望无际地远去,没有一点绿色。

我生活的新疆地域辽阔,大块地存有一些自然风光,除了几个国家级的野生动物保护区,在相对疏松的村镇之间、连绵的农田间隙,还有幸能看到荒野草原、沙漠戈壁。这些暂时没被人侵占的地方,长野草、野树,或寸草不生,任风沙吹刮。不像内地中原,城市村庄紧凑相连,农田密布,整个大地住满人,长满人吃的粮食,没有一块闲地供野草生长,更别说有野生动物了。自然退居到偏远边疆和那些不易人居的荒芜山岭。城市的野生动物只剩下苍蝇和老鼠，乡下也差不多。

美好的自然景观离人们远了，迫近的却是自然灾害：地震、泥石流、旱涝、反常气候。这是自然的另一面。其实自然从来就没有远离我们，无论身居都市还是乡村，我们一样在自然的大怀抱中。包括人也是自然的一部分，人类所有的城市、政权、宗教、文化、文明，都建立在一个最大的自然——大地之上，苍天之下。它动一动身，这一切便都不存在。但它厚爱着我们，不会轻易动身。

我们却常常忘记承载我们的大地、护佑我们的苍天。古人云：厚德载物。宽厚的大地承载江河山岳，也承载毛虫小草；承载秀水江南，也承载荒漠西域。它的德是公正。而说出"厚德载物"的人，则听懂了大地的语言。庄子懂得自然的语言，那些古代优秀的文学家都懂，他们通过草木虫鸟、云霞水土跟自然交流，心灵在天地万物中神游，获得启迪和智慧。

《诗经》中上百种动植物，个个有名字。"关关雎鸠，在河之洲。"一只叫雎鸠的鸟，关关地鸣叫着出现在《诗经》的开篇，这是古代诗人给一只鸟的待遇，有声音有名字，有尊严有位置。如果在现代诗人笔下，很可能就写成"一只鸟在河边叫"了。至于是只什么鸟，大概没多少人在意。

现在大地上所有动植物都有名字，我们却不知道或不懂得用名字去称呼它们。在许多的文学作品中，我们读到的多是对动植物笼统的称呼，把地上长的都叫草，天上飞的都叫鸟，不懂得去单个地叫出一棵草、一只鸟的名字。一方面是不认识，另一方面在意识中或许没有对所书写对象的敬重。

我们对自然的书写，一直是把自然当作象征物，或者说自然是我们的隐喻体，我们通过对自然的隐喻来书写我们的内心，抒发我们的内心。这当然没什么问题。但是，在我们的文字中，自然也应该是自然本身。草木就是草木，它不需要为我们的情感去做隐喻体、象征体。它是它自己，它有它自己的欢喜，有自己的风姿，有自己的生命过程。这棵草就是自然界的一棵草。我们的心灵是单独的、干净的，跟一棵草在对话。这时，我们看到的草就是草本身，而不是隐喻体系中的草，不是一个象征物。

有一颗能跟自然交流的心灵，懂得尊重自然，敬畏人之外的生命，才可能听懂自然，知道一棵草一朵云在说什么，满天星星在说什么。自然跟我们交流的唯一渠道是心灵。现代人也有心，但是不灵了。小时候，夜晚躺在草垛上，看见身边的狗在看星星，也跟着看，我从来不认为狗看不懂星星，狗大概也不这样认为我。看星星其实再简单不过，抬抬头，就可以看见那些遥远的星星，你能感到它们一直在注视你，你也在注视着它们。

包括地上的一块石头、一个土坷垃,也一直这样注视着我们。只是我们的心不灵了,感觉不到一个土坷垃的注视。自然不跟我们交流了,我们也早已失去和自然交流的语言。

鄯善迪坎儿村的人们还在自然中,他们从来就懂得怎么和沙漠荒芜一起生活,怎样和仅有的一点水源、一架葡萄还有一棵梭梭树一起生活,更重要的是他们还懂得怎样贫穷地生活。

长大的只是那些大人

我听人们说着长大以后的事。几乎每个见到的人都问我："你长大了去干什么？"问得那么认真，又好像很随便，像问你下午去干什么，吃过饭到哪里去一样。

一个早晨我突然长大，扛一把铁锨走出村子，我的影子长长地躺在空旷田野上，它好像早就长大躺在那里，等着我来认出它。没有一个人，路上的脚印，全后跟朝向远处，脚尖对着村子，劳动的人都回去了，田野上的活早结束了，在昨天黄昏就结束了，在前天早晨就结束了。他们把活干完的时候，我刚长大成人。粮食收光了，草割光了，连背一捆枯柴回来的小事，都没我的份。

我母亲的想法是对的，我就不该出生。

出生了也不该长大。我想着我长大了去干什么，我好像对长大有天生的恐惧。我为啥非要长大，我不长大不行吗？我就不长大，看他们有啥办法。我每顿吃半碗饭，每次吸半口气，故意不让自己长。我在头上顶一块土块，压住自己。我有什么好玩的都往头上放。

我从大人的说话中，隐约听见他们让我长大了去放羊，扛铁锹种地，跑买卖，去野地背柴。他们老是忙不过来，总觉得缺人手，去翻地了，草没人锄，出去跑买卖吧，老婆孩子身边又少个大人。反正，干这件事，那件事就没人干。猪还没喂饱，羊又开始叫了。尤其春播秋收，忙得腾不开手时，总觉得有人没来。其实人全在地里了，连没长大的孩子也在地里了。可是他们还是觉得少个人。每个人都觉得身边少个人。

"要是多一个人手就好了。"父亲说话时眼睛盯着我。

我知道他的意思，嫌我长得慢了，应该一出生就是一个壮劳力。我觉得对不住父亲。我没帮上他的忙。我小时候，他常常远出。我没看见他小时候的样子。也许没有小时候。我不敢保证每个人都有小时候。我一出生父亲就是一个大人。等我长大——我真的长大过吗——他依旧没有长老，我在那些老人堆里没找到他。

在这个村庄，年轻人在路上奔走，中年人在一块地里劳作，老年人在墙根晒太阳或乘凉。只有孩子不知道在哪。哪都是孩子，白天黑夜，到处有孩子的叫喊声，他们奔跑、玩耍，远远地听到声音。找他们的时候,哪都没有了。嗓子喊哑也没一个孩子答应。不知道那些孩子去哪了。或许都没出生。只是一些叫喊声来到世上。

我还不会说话时,就听大人说我长大以后的事。

"这孩子骨头细细的,将来可能干不了力气活。"

"我看是块跑买卖的料。"

"说不定以后能干成大事呢,你看这孩子头长的,前锛拉,后凿子,想的事比做的多。"

我母亲在我身边放几样东西:铁锹、铅笔、头绳、铃铛和羊鞭,我记不清我抓了什么。我刚会说话,就听母亲问我:呔,你长大了去干什么?我歪着头想半天,说,去跑买卖。他们经常问我长大了去干什么。我记得我早说过了,他们为啥还问。可能长大了光干一件事不行,他们要让我干好多事,把长大后的事全说出来。一次我说,我长大去放羊。话刚出口,看见一个人赶羊出村,他的背有点驼,翻穿着毛皮袄,从背后看像一只站着走路的羊,一会儿就消失在羊踩起的尘土里。

又过了一阵,传来一声吆喝,远远地。那一刻,我看见当了放羊人的我就这样走远了。多少年后,他吆半群羊回来,我已经不认识他。他也不认识我。这个放一群羊长老的我,腰背佝偻,走一步咳嗽两声。他在羊群后面吸了太多尘土,他想把它咳出来。

每当我说出一个我要干的事时,就会有一个我从身边走了,他真的按我说的去跑买卖了。开始我还能想清楚他去了哪里,都干了些什么,后来就糊涂了,再想不下去,我把他丢在路上,回来想另外一件事。那个跑买卖的我自己走远了。

有一年他贩一车皮子回到虚土庄,他有了自己的名字,我认不出他。他挣了钱也不给我。

我从他们的话语中知道,有好多个我已经在远处。我正像一朵蒲公英慢慢散开。我害怕地抱紧自己。我被"你长大了去干什么"这句话吓住了,以后再没有长大。长大的只是那些大人。

从家乡到故乡

一、互生

家乡是母腹把我交给世界,也把世界交给我的那个地方。她可能保存着我初来人世的诸多感受。在那个漫长生命开始的地方,我跟世界或许相互交代过什么。一个新生命来到世上,这世界有了一双重新打量她的眼睛,重新感受她的心灵,重新呼喊她的声音。在这个新生孩子的眼睛里,世界也是新诞生的,说不上谁先谁后,谁接纳了谁。一个新生命的降生,也是这个世界的重新诞生。这是我们和世界的互生关系。

这个关系是从家乡开始的。家乡在我睁开眼睛的一瞬间,几乎用整个世界迎接了我。

家乡用它的空气、阳光雨露、风声鸟语,用它的白天黑夜、日月替换来迎候一个小小生命的到来。假如这个世界还有什么的话，家乡在我出生的那一刻，已经全部地给了我。从此家乡一无所有。家乡再没有什么可以给我了。

而我，则需要用一生时间，把自己还给家乡。

二、厚土

家乡住着我的父亲母亲、爷爷奶奶，住着和我一同长大、留有共同记忆的一代人，还住着那些他们看着我长大、我看着他们长老直到死去的那一代人。家乡是我祖先的墓地和我的出生地。在我之前，无数的先人死在家乡，埋在家乡。

每个人的家乡都是一个人的厚土，这个厚，是因为土中有我多少代的先人安睡其中，累积起的厚。先人们沉睡土下，在时序替换的死死生生中，我的时间到了，我醒来，接着祖先断了的那一口气往下去喘。这一口气里，有祖先的体温、祖先的魂魄，有祖先代代传续到今天的精神。所有的生活，都是这样延续来的。

每个人的出生都不仅仅是一个单个生命的出生。我出生的一瞬间，所有死去的先人活过来，所有的死都往下延伸了生。我是这个世代传袭的生命链条的衔接者，这是多么重要啊。因为有我，祖先的生命在这里又往下传了一世，我再往下传，就叫代代相传。这便是家乡。它在浑然不知中，已经给一个人注入了这么多的东西。长大以后，我会有机会，回过头来领受家乡给我的这一切。领受家乡的一事一物，领受家乡的生老病死和生生不息，领受从我开始、被我诞生出来的这个家乡，是如何地给了我生命的全部知觉和意义。

三、醒来

我的散文集《一个人的村庄》，写的就是我自小生活的村庄。当时我刚过三十岁，辞去乡农机管理员的工作，孤身一人在乌鲁木齐打工。或许就在某一个黄昏，我突然回头，看见了落向我家乡的夕阳——我的家乡沙湾县在乌鲁木齐正西边，每当太阳从城市上空落下去的时候，我都知道它正落在我的家乡，那里的漫天晚霞，一定把所有的草木、庄稼、房屋和晚归的人们，都染得一片金黄，就像我小时候看见的一样。

或许就是在这样的回望中，那个被我遗忘多年，让我度过童年、少年和青年时光的小村庄，被我想起来了。我把那么多的生活扔在了那里，竟然不知。那一瞬间，我似乎全觉醒了，开始写那个村庄。仿佛从一场睡梦中醒来，看见了另外一个世界，如此强大、饱满、鲜活地存放在身边，那是我曾经的家乡，从记忆中回来了。那种状态如有天启，根本不用考虑从哪写起。家乡事物熟烂于心，我从什么地方去写，怎么开头，怎么结尾，都可以写成这个村庄，写尽村庄里的一切。

这样一篇一篇地写了近十年时间，从九十年代初写到九十年代末，我完成了《一个人的村庄》。这是家乡在我的文字中的一次复活。她把我降生到世上，我把她书写成文字，传播四方。我用一本书创造了一个家乡。

四、先父

《一个人的村庄》写完之后，我已经三十六岁了。我一直想给我早年去世的父亲写一篇文章，可是一直无法完成。先父在我八岁那年不在了，我忘记了他的长相，想不起一点有关他的往事。

家里曾有过一张照片，母亲抱着我，先父站在旁边，一副瘦弱的文人相，后来这张唯一的照片也丢了。就这样一个父亲、没有一丝印象的父亲，我不知道该如何去写。每年清明节，我们都要去给父亲上坟，烧几张纸，临走前跪着磕个头，说父亲，我们来过了，求他给家人保佑平安。

女儿逐渐长大时，我也经常带她去上坟，让女儿知道她有一个没见过面的爷爷，一个没有福气听她叫爷爷的爷爷。怎样去写这样一个先父，一直梗结在心。先父是三十七岁时不在的，我也到了先父去世的年龄，突然就想，过了三十七岁这一年，我就比我父亲都大了。那时回想早年丧失的父亲，或许就像回想一个不在的兄弟。再往后，我越长越老，父亲的生命停留在三十七岁不走了。尤其到了四十岁这个阶段，前不着村，后不着店，生命被悬浮在那儿，即将步入中年、老年，我不知道老是怎么回事。

假如家里有一个老父亲，他在前面蹚路，我会知道，自己五十岁的时候是什么样子。因为父亲在前面活着呢。

我五十岁时，父亲七十多岁，那就是二十多年后的我自己。他带着我往老年走，我跟着他，一步一步地离开青年、中年，也往老年走，我会在他身上看见自己的老。可是，我没有这样一个老父亲，四十岁以后的人生一片空茫，少了一个引领生命的人。

我一直在这样一个困惑中，不知该怎么去写这个父亲。

直到后来，我带着母亲回了趟甘肃老家，获得了一次"接近"父亲的机会，才完成了《先父》这篇文章。

五、后继

我们家是一九六一年从甘肃酒泉金塔县逃饥荒到新疆。父亲当时在金塔县一所学校当校长，母亲做教师，两人的月口粮三十多斤，家里还有奶奶和大哥，一家人实在吃不饱肚子，父亲便扔了工作，带着全家往新疆跑。那个饥荒我没有经历，我是在他们逃到新疆的第二年出生的。

那年我带母亲回甘肃老家。母亲逃荒到新疆四十年，第一次回老家。我们从父亲工作过的金塔县城，到他出生长大的山下村，在叔叔刘四德家落脚。我的一个奶奶还活着，住在叔叔家前面，是叔伯家的奶奶，八十多岁了。老人家拉着我的手说，你的模样子和你父亲像，说你父亲是六一年阴历几月初几回过一次家，把家里东西都卖了，房子也卖了，说是要去新疆。

奶奶说的日期全是阴历，她一直活在旧历年中。临走时奶奶给我一双绣花鞋垫，她亲手绣的，我还一直保留着。叔叔便带我们去上祖坟。

我们刘姓在当地是大家族，以前有祖坟，逐渐来的人太多了，去的人也多，去的人占来人的地方，土地不够用，村里重新分配土地，就把一些祖坟平掉种地了。我们刘家的祖坟，我父亲这一支的，都迁到叔叔家的耕地中间。

爷爷辈以上先人合到一座墓里，祖先归到一处，墓前有祖先灵位。剩下爷爷辈的、父亲辈的坟都单个有墓。

叔叔带着我走进坟地，说，这是归到一起的祖先灵位。我跪下，磕头，上香。说后面是你爷爷的坟，旁边是你二爷的，你二爷因为膝下无子，从另外一个兄弟那里过了一个儿子过来，顶了脚后跟。

顶脚后跟原来是这么回事。一个人膝下无子，会从自家兄弟那过继一个儿子来，待你百年后埋在地下，有人给你上坟扫墓，将来过继来的儿子去世，就头顶你的脚后跟埋在一起，这叫"后继有人"。我这才知道后继有人的人不是活人，是顶脚后跟的那个土里的后人。

叔叔又指着我爷爷的坟说，你看，你爷爷就你父亲一个独子，逃荒到新疆，把命丢在新疆没回来，后面这个地方，还留着。叔叔接着说，你父亲后面那块地就是留给你们的。这句话一说，我的头突然轰的一下，空掉了。觉得自己在外面跑那么多年，我父亲带着我们逃荒千里到新疆，父亲把命丢在了新疆，但是我爷爷后面的位置还给他留着。

我在新疆出生，又在外求学，好像把甘肃酒泉那个家乡给忘掉了，那个家乡好似跟自己没有关系了。但是，祖坟上还有一个位置给我留着。

当我过完此生，还有一段地下的生活。在地下的祖先还需要我，等着我去顶脚后跟，后继有人。

我们要走的时候，叔叔拉着我的手说，亮程，我是你最老的叔叔了，你的爷爷辈已经没人，叔字辈里面剩下的人也不多了，等你下次来,我不在家里就在地里。

我明白他说的是跟祖先埋在一起的那个地里。我叔叔说这些话的时候轻松自若,仿佛生和死没有界限,不在家里就在地里,只是挪了个地方。

在我叔叔对死亡轻描淡写的聊天中,死亡是温暖的,死和生不是隔着一层土,只是隔着一层被他轻易捅破又瞬间糊住的窗户纸。

六、温暖

我原以为甘肃的那个老家,只是我母亲的家乡,是我死在新疆的父亲的家乡,它跟我没有关系,我是在新疆出生长大的。可是,当我站在叔叔家麦田中那块祖坟上的时候,我突然觉得,它是我的家乡。

小时候见到坟头害怕,当我坐在老家祖坟地,坐在叔叔给我留下的那块空地上,竟觉得那么温暖,像回到一个悠远的家里。我想,即使以后我离开世间,从那个村子里归入地下,跟祖先躺在一块,好像也不会失去什么。

那样的归属就在自己家的田地中,坟头和村庄相望,亲人的说话和喊叫时时传来,脚步声在坟头上面来回走动,一年四季的收成堆在旁边。

那样的离世，离得不远，就像搬了一次家。我们没有像基督教那样建造一个天堂，但是，我们在家乡构筑了一方千秋万代的乡土，这乡土包含我们的前世今生，过去未来，这个能够安顿我们身体和心灵的地方，是我们的家乡。

七、复活

从老家回来后，我找到了写先父的感觉。我从那个家乡的厚土中，把父亲找了回来，我也从祖先、爷爷到父亲那样一个家族血脉中，找到了我自己的位置。突然之间，觉得我可以跟父亲对话了，他活了过来。

《先父》的第一句就这样开始叙述："我比年少时更需要一个父亲，他住在我隔壁，夜里我听他打呼噜，费劲地喘气。看他弓腰推门进来，一脸皱纹，眼皮耷拉，张开剩下两颗牙齿的嘴，对我说一句话。我们在一张餐桌上吃饭，他坐上席，我在他旁边，看着他颤巍巍伸出一只青筋暴露的手，已经抓不住什么，又抖抖地勉力去抓住。听他咳嗽，大声喘气——这就是数年之后的我自己。一个父亲，把全部的老年展示给儿子。一如我把整个童年、青年带回到他眼前……"一段一段地写，给早已不在的父亲去诉说。

当我写完时,我把这个早年丧失的父亲从时间的尘埃中找了回来,同时我也找回来一个遗失的家乡。

八、家谱

家乡是跟我们血肉相连的那个地方。回到家乡,便知道自己是谁了。上有老下有小。往上有我叫爷爷的,往下有别人叫我爷爷的,我在中间。

这就是一个人在家庭中的地位。找到这样一个位置,一个家族体系便构架了起来。

我在甘肃酒泉老家的叔叔家,看到了刘家家谱,小楷毛笔字写在一块大白布上。叔叔告诉我,这是我父亲抄写的。我第一次看见父亲写的字,端庄力道,每一笔都写了进去。

父亲抄写的刘氏家谱,自四百年前,祖先从山西大槐树迁入酒泉开始记起。顶头孤零零立着最早来到酒泉的那位祖先,他是一个人,一根独苗,但他下面跟了四个儿子,生命开始分叉,四个儿子又各自生出儿子,分叉出更多支脉。四百年里那位刘姓祖先的子孙,已经繁衍成一个庞大的根系。

我看着写在那块白布上的家族谱系,那样的排列形式,就是一棵大树的繁茂根系。

这个谱系里的所有名字代表的人,都在土里,都结束了地上的生活,回到这个家族的根部。而土之上对应的,该是这个巨大根系连接的一棵参天大树。那个树的主干是在世的爷爷辈,枝杈是父亲辈,儿孙辈在繁茂的树梢上,继续分枝展叶。

我父亲抄写这份家谱时,二十来岁,是家族供养出的唯一懂文墨的秀才,他那时不会想到自己会在不久的饥馑年逃荒新疆,颠沛流离,把命丢在异乡。但是,他一定知道自己在家谱中的位置。我在叔叔后来整理的装订成册的家谱中,看见了父亲的名字,他已经安稳地回到族谱了。

我也知道自己的名字迟早会被写在那里,跟在父亲的名字后面,这个不急,我走进族谱,还有很远的路。但是,不论我走到哪里,我都会回到这册家谱里,回到刘氏家族的厚土根部。

九、归入

这是我们中国人的家乡,在土上有一生,在土下有千万世。厚土之下,先逝的人们,一代头顶着上一代的脚后跟,在后继有人地过一种永恒的生活。

因为有他们在,我们地上的生活才踏实。在那样的家乡土地上,人生是如此厚实,连天接地,连古接今。生命从来不是我个人短短的七八十年或者百年,而是我祖先的千年、我的百年和后世的千年,世代相传。

有家乡的中国人,都会有这样的生命感觉,千秋万代都是我们的血脉。未出生之前,我已在祖先序列中,是家乡土地上的一粒尘土。待出生后,我是连接祖先和子孙的一个环节。

家乡让我把生死融为一体,因为有家乡,死亡变成了回家;因为有家乡,我可以坦然经过此世,去接受跟祖先归为一处的永世。

十、故乡

每个人的家乡都在累累尘埃中,需要我们去找寻、认领。我四处奔波时,家乡也在流浪。年轻时,或许父母就是家乡。当他们归入祖先的厚土,我便成了自己和子孙的家乡。每个人都会接受家乡给他的所有,最终活成他自己的家乡。每个人都是他自己的家乡。身体之外,唯有黄土。心灵之外,皆是异乡。

家乡在土地上,在身体中。

故乡在厚土里,在精神中。

我们都有一个土地上的家乡和心灵精神中的故乡。当那个能够找到名字、找到一条道路回去的地理意义上的家乡远去时，我们心中已经铸就出一个不会改变的故乡。而那个故乡，便是我和这个世界的相互拥有。